KB248302

내 꿈은
세상에서 제일 멋진 경찰

내 꿈은
세상에서 제일 멋진 경찰

임성진 지음

좋은땅

F1
BAR
9900
맥주라운
맥주라운
COFFEE
노래방
투데이프차
BAR
BEER
REAL PUB
BEER
PUB
DCYOTN
HOP
보스 전당포
경찰

경찰관이라는 직업을 갖다 보니 현장에서 법을 집행하고 죄지은 사람을 처벌하는 것이 직무가 되었다. 그러나 열심히 직무를 수행하면서도 회의감이 들 때가 있다.

음주운전을 단속하니 배달 일을 해서 하루하루 힘들게 먹고사는 사람이었고, 무면허를 단속하고 보니 한쪽 손이 없는 장애인인 경우도 있었다. 무전취식으로 처벌하려니 돈이 없어 온종일 굶어 배고픔을 참지 못해 6천 원짜리 국밥 한 그릇 먹은 사람이었고, 아이를 먹이기 위해 마트에서 통조림 몇 개를 훔친 아주머니도 있었다. 이런 사람들을 처벌한다는 것은 너무나도 괴로웠다.

나 역시 어렸을 적 과일 장사를 하시는 부모님과 사람

냄새 나는 시장통에서 자랐다. 어느 날 새벽, 키우던 강아지가 심하게 짖어 나가 보니 어떤 아주머니가 수박 한 덩이를 훔쳐 가고 있었다. 자식에게 너무 먹이고 싶어 수박 한 통을 훔친 아주머니가 안쓰러웠던 아버지는 수박을 그대로 건넸다. 아주머니를 다그치거나 경찰에 신고를 하지 않고 수박을 그냥 가져가라는 아버지의 그 모습을 보며 나는 그게 맞는 거라고, 당연한 거라고 생각했던 것 같다.

법보다 더 중요한 건 사람이다. 모든 걸 법대로만 해결하려 한다면 이 세상에 죄 없는 사람이 얼마나 있을까? 길거리에 침을 뱉거나, 휴지를 버리는 행위만 해도 결국 범법자(경범죄 처벌법 위반)이기 때문이다.

어려운 사람들을 보면 가난했던 시절, 생계를 위해 고된 일을 하면서도 서로 돕고 웃으며 살아가던 동네 사람들이 생각난다. 모두가 정이 많고 착하고 좋은 사람들이었다. 그래서 나는 그런 순수하고 사람 냄새 나는 사람들이 행복하게 웃으며 사는 세상을 바란다. 어렵고 힘든 사람들을 돕고 싶다는 생각이 늘 마음속에 있다. 나쁜 범죄를 저지른 범인을 검거할 때 보람을 느낀다. 하지만 어려운 사람을 도왔을 때 더 큰 뿌듯함과 보람을 느꼈던 것 같다. 법을 집행하는 경찰관이기 전에 나는 따뜻한 사람이고 싶다.

딸이 어렸을 적 "나는 아빠가 세상에서 제일 좋아!"라는 말에 날아갈 듯 기분이 좋았다. 그래서 내 꿈은, '세상에서 제일 좋은 아빠' 그리고 '세상에서 제일 멋진 경찰'이 되는 것이다.

차례

자살기도자

누군가에게 유난히 외롭고 추웠을 겨울이었다.

"창문에 사람이 목을 매고 있는 것 같아요."라는 신고였다. 봉천동 주택가 골목길을 정신없이 달려 도착하니 신고자가 발을 동동 구르며 창문을 가리켰고 창문에는 사람의 형체가 대롱대롱 매달려 움직이고 있었다. 빌라 건물의 2층이었는데 1층은 층고가 높은 주차장 출입구였고 밖에서는 도저히 올라갈 길이 없어 보였다. 함께 출동한 백주임님과 건물 안으로 뛰어 들어가 현관문을 열려 했으나 잠겨 있는 현관문이 열릴 리가 없었다. 밖으로 다시 나가 주변 공사장을 뛰어다니며 사다리를 찾았으나 개똥도 약에 쓰려면 없다고, 사다리가 있을 리도 없었다.

혼비백산하며 뛰어다니다가 건물 구조를 자세히 보니 외벽으로 5cm 정도 튀어나온 난간이 보였고 옆 건물을 타고 올라가면 발을 디딜 수 있겠다는 생각이 들었다. 이것저것 생각할 겨를이 없었다.

얼른 옆 건물로 올라가 손이 겨우 닿을 만큼 거리에 있는 건물에 팔을 뻗어 벽을 잡았고 모서리에 몸을 바짝 붙여 매달렸다. 난간을 밟고 아슬아슬하게 벽면에 붙어 가까스로 가스 배관을 붙잡고 이동해서 창문까지 도달할 수 있었다.

그런데 이렇게 도달하기도 힘든 창문에 왜 방범창까지 설치해 놓았는지…. 삼단봉으로 창살을 내리쳐도 안 되고 손으로 뜯어내려 해도 꿈쩍도 하지 않아 도저히 안으로 들어갈 수가 없는 상황이었다.

다행히 창문이 잠겨 있지 않아 창문을 열었더니 자살 기도자가 끈에 목을 맨 채 커튼봉에 매달려 흙빛이 되어

가는 얼굴에 머리에는 핏대가 있는 대로 서 있고, 거의 숨이 끊어져 가고 있는 게 아닌가. 사람을 살려야 했다. 그를 들어 올려야 했는데 겨드랑이에 손을 넣고 아무리 올려 보려 해도 나부터 자세가 불안정하게 벽에 겨우 달라붙어 있어 도저히 힘을 쓸 수 없었다.

불행 중 다행히 자살기도자는 경량패딩을 입은 채로 매달려 있었는데 그나마 내가 유도를 수련했던지라 힘 쓰는 요령이 빛을 발했다. 그의 멱살을 말아 잡고 창틀에 팔꿈치를 받쳐 지렛대 원리로 온 힘을 다해 들어 올리자 머리에서 핏대가 조금 사라지며 '꺽꺽' 하는 소리가 들렸다.

그 자세로 악을 쓰고 버티는 동안 백주임님이 가위를 구해 와서 나에게 던져주었고 그것을 받아 얼른 줄을 잘라내자 얼굴색이 돌아오며 숨을 쉬는 것 같았다. 정신 차리라고 멱살을 잡고 흔들며 소리를 질러 댔으나 그는 정신을 차리지 못했고 그대로 기절한 상태로 매달려 있으니 나도 계속 잡고 있을 힘이 없어 그대로 방바닥에 내동댕이치고 말았다.

얼마나 죽고 싶은 마음이 간절했는지 방안에는 번개탄도 피워 놓았으나 다행히 번개탄은 연기가 많이 피어오르지 못하고 작게 타들어 가고 있었다. 출동한 소방관이 현관문을 뜯어내고 방 안에 들어가서 그의 상태를 확인했고 다행히 숨이 붙어 있어 신속히 인근 보라매병원으로 이송했다.

신원을 확인하기 위해 집을 둘러보았는데 사는 게 너무 누추하여 가전이나 집기류도 별로 없었다. 낡은 책상 위에 꼬깃꼬깃한 수첩이 있어 읽어 보았다. 이혼한 지 꽤 오래된 것 같았고 딸이 있었다. 유서가 적혀 있었고 가족들에게 미안하다는, 자신을 잊고 잘 살아가라는 내용이었다. 가족들은 전라북도 어딘가에 거주하고 있었던 것으로 기억된다.

가족에게 연락을 하기 위해 수첩에 적힌 딸의 전화번호를 찾아냈다. 다행히 연락이 닿아 상황설명 후 병원에 와서 그를 돌봐 달라고 얘기하자 딸은 오지 않겠다고 했다. 그와는 이미 인연을 끊은 지 오래되었다고….

가족과 헤어지고 일용직을 전전하며 힘들게 살아오다가 생활고와 외로움에 지쳐 세상을 등지려 한 50대 남성의 모습이 너무나 애처로웠다. 회복하여 다시 살아갈 수 있을지, 오히려 죽지 못해 더 괴로운 삶을 살다가 다시 같은 선택을 하지는 않을런지….

한 생명을 살렸다는 게 뿌듯하기도 했지만 가족들이 그를 매몰차게 거절하는 것을 보며 참 많은 생각이 들었다. 사는 게 얼마나 힘들었으면 자살을 생각했을까, 헤어진 아내와 딸이 얼마나 보고 싶었을까, 그토록 보고 싶던 딸이 자신을 거부했다는 사실을 알게 되면 얼마나 더 큰 상처를 받을까…. 마음이 무거웠다.

신고 처리를 마치고 지구대로 돌아오자 다음 팀과 교대 중이었고 팀장님이 말했다. "그 사람 임부장이 나갔으니까 살았지 다른 사람 열 명 출동했어도 죽었어." 칭찬이었지만 웃을 수 없었다.

그 사람이 지금까지 잘 살고 있는지, 아니면 죽었는지 알 수는 없다. 살아 있더라도 가족과의 재회나 화해는 없었으리라. 다만 살면서 그도 다른 보통 사람처럼 평범한 일상의 행복을 느껴 보았으면 하는 바람이다.

조각가 아저씨

"술에 취해서 행패를 부린다."는 신고였다. 현장에 도착하자 술집 앞에 사람들이 여럿 모여 있었고 한눈에 봐도 주취자로 보이는 한 남성이 사람들 사이에서 행패를 부리고 있었다. 키는 크지 않았지만 다부진 체격과 머리를 길러 꽁지머리로 묶은 모습이 범상치 않아 보였다. 한눈에 주폭(酒暴, 술을 마시고 행패를 부리는 사람)이라는 것을 알 수 있었다.

사람들 사이를 헤집고 들어가 그를 제지하며 진정시켰다. 나름 다부졌던 그였지만 긴 시간 운동으로 다져진 나의 완력에 비할 바는 아니었던 데다 외모도 마치 격투기 선수처럼 생겼던 나의 포스에 기가 죽었는지 갑자기 꽁지머리 아저씨는 나에게 고개를 숙이면서 "나는 진정한 경찰관에게는 고개를 숙입니다."라며 순순히 자신을 잡아가라고 수갑을 채우라는 듯 손을 내밀었다.

현장 상황을 확인하고 사람들의 이야기를 들어보니 술 먹고 행패를 부렸으나 직접적으로 폭행을 당한 피해자는 없었고 처벌을 원하는 사람도 없었다. 술에 취했으니 얼른 귀가시키라는 분위기였다.

꽁지머리 아저씨에게 다음부터 술 먹고 이렇게 하시면 안 된다고 타이르듯 얘기하고 귀가하도록 했다. 아저씨는 고개를 깊이 숙이며 인사하고 비틀거리며 골목길로 걸어갔다.

사람들이 말하기를 꽁지머리 아저씨는 이 근처에 사는데 일정한 직업이 없어 아내가 일을 다니며 먹여 살리고 있으며 술버릇이 안 좋아 술만 먹으면 사람들에게 시비를 건다고 했다. 그러면서 출동한 경찰관에게도 자주 덤벼들어 경찰서도 자주 왔다 갔다 한다고 애기했다. 역시나 상습 주폭이었다.

머칠이 지났다. 지난번 술집에서 싸움이 났다는 신고가 또 떨어졌다. 현장에 도착하자 술집 앞이 시끌벅적했고 그곳엔 역시 꽁지머리 아저씨가 있었다. 젊은이 2명과 몸싸움 중이었고 사람들이 이를 말리는 중이었다.

신고자와 주변의 이야기를 들어보니 술집에서 젊은이 2명이 술을 마시고 있었는데 꽁지머리 아저씨가 혼자 술을 마시다가 갑자기 시비를 걸었단다. 친구와 기분 좋게 술자리를 갖다가 봉변을 당했으니 젊은이들도 가만히 있지 않았을 터, 몸싸움이 있었으나 다행히 큰 싸움으로 번지지는 않았고 술집에 있던 사람들이 말려서 밖으로 나와 있던 것이다.

내가 아저씨에게 다가가자 그는 나에게 다시 고개를 숙였다. 그러고는 터미네이터 경찰관이 왔다며 머칠 전 했던 행동과 같이 자신을 잡아가라고 두 손을 내밀었다.

시비 되었던 젊은이들은 처벌을 원치 않고 그냥 귀가 하셨으면 좋겠다고 했고 주변 사람들도 빨리 집으로 보내라는 눈치였다. 나는 꽁지머리 아저씨를 나무랐다. 며칠 전에도 나를 만나지 않았냐고, 얼마나 됐다고 또 이렇게 행패를 부리냐고…. 그러면서 순찰차에 태웠다.

집을 물었다. 봉천동 골목길 낡은 주택가에 들어섰다. 집은 오래된 주택의 반지하 같은 1층이었고 입구에 들어서자 약 2평 정도의 공간에 높이가 1m는 족히 넘어 보이는 조각을 하다 만 통나무와 갖가지 공구들이 보였다. 집 안에 들어가자 나무로 깎은 부엉이, 거북이, 독수리, 용 등 다양한 조각품들이 놓여 있었다. 아저씨에게 물어보니 전부 자신이 조각한 것이라고 했다.

신고가 많은 저녁 시간이라 오래 머물지는 못했다. 쉬시라고 인사를 한 뒤 다음에 놀러 오겠다고 하자 영광이라며 언제든 오라고 했다.

다음날 주간 근무 때 그 아저씨 집에 찾아갔다. 그날은 술을 마시지 않고 집에서 혼자 나무를 깎고 있었다. 차를 마시며 많은 얘기를 나누었다. 일하러 나간 아내와 군대 간 아들, 대학생 딸이 있었으니 궁핍해 보이기는 해도 가족들과 잘 지내는 듯했다. 아저씨는 자신을 조각가라고 소개하며 이야기를 시작했다.

아저씨는 원래 꿈이 조각가였다. 그러나 집안 형편으로 인해 미술을 전공하지 못하고 독학하다가 결국 꿈을 접었단다. 결혼해서 가정을 꾸렸으니 돈을 벌어야 했다. 청원경찰이 되어 월급쟁이 생활을 하다가 적성에 맞지 않아 그만두었다.

그러고는 오랜 꿈이던 조각을 다시 시작했다. 공모전에 여러 번 출품했지만 대학도 안 나오고 줄도 빽도 없어 입상하기 힘들었다. 전시회를 하고 싶어도 돈이 없으니 할 수 없었다. 실력이 좋아 처음엔 여기저기 주문이 들어왔고 수입이 괜찮았다. 그러나 나무로 만든 조각품을 찾는 사람이 줄어들자 자연스럽게 수입이 줄었다.

그 뒤로 이렇게 삶이 궁핍해졌고 자신이 벌이를 못해 아내가 일을 해야 했다. 가장으로서 역할을 못하다 보니 언젠가부터 술만 마시면 그렇게 과격해진다고 했다. 경찰서에도 자주 드나들었고 벌금도 많이 냈다고 했다.

나에게 터미네이터 경찰관이라며 그렇게 인사를 해주신 이유가 뭐냐고 묻자 외모도 강해 보이고 진정한 경찰 같아 보였다고 했다. 그래서 터미네이터 같았다고 했다. 기분이 나쁘지 않았다.

완성된 조각품들을 자세히 둘러보니 정말 멋진 작품이 많았다. 금방이라도 날아오를 듯한 멋진 독수리와 부엉이, 엄마 거북이와 그 뒤를 따르는 새끼 거북이, 우락부락하면서도 왠지 정감 있게 느껴지는 장승 조각 등등. 꽁지머리를 한 조각가 아저씨가 진정한 예술가처럼 보였다. 작품에 대한 찬양과 함께 다음번에도 기분 좋게 만나자는 말을 남기고 헤어졌다.

또 며칠이 지났다. 출근길에 같은 지구대 근무 중이던 직원에게서 전화가 왔다. 술집에 112신고 출동을 나왔는데 한 아저씨가 터미네이터 경찰관을 찾는다고 했다. 무슨 일이냐고 물었더니 술집에서 혼자 술을 먹다가 다른 사람들에게 시비를 걸어서 주인이 계산하고 나가라고 하자 술값이 없다고 했다. 얼마나 먹었냐고 묻자 3만 원이 나왔다고 했다. 사장님이 처벌 의사가 없으니 술값만 내고 얼른 갔으면 좋겠다고 했지만 당장 없는 돈을 어디서 구할까. 나는 출근해서 내가 술값을 내줄 테니 그 아저씨를 보내 줄 수 있냐고 물었다. 다행히 이야기가 잘 되어 출동한 직원들이 아저씨를 잘 돌려보냈다.

출근하고 술집에 갔다. 사장님은 돈을 받지 않겠다고 했지만 3만 원을 놓고 나왔다. 그때 조각가 아저씨가 저만치서 걸어오고 있었다. 손에는 부엉이 조각상을 들고 있었다. 돈이 없어 술값으로 주인에게 주려고 며칠 동안 공들여 깎은 부엉이 조각상을 가져온 것이다.

　술값을 지불했으니 다시 가져가시라고 하자 술값으로 가져온 것이니 나에게 주겠다고 했다. 순찰차에 태워 집에 데려다주며 조각가 아저씨를 나무랐다. 술만 먹으면 왜 사고를 치냐고, 다 큰 자식들 부끄럽지 않으시냐고…. 묵묵히 들으며 잘못한 아이처럼 고개를 숙이고 있던 그는 집 앞에 도착하자 다시 부엉이 조각상을 내밀며 가져가라고 했지만 받지 않았다. 대신 다음에 또 놀러 올 테니 그때 더 멋있는 조각품을 달라고 했다.

　그 후로 조각가 아저씨를 다시 만나지 못했다. 그 아저씨로 인한 신고가 없기도 했고 내가 다른 곳으로 발령이 났기 때문이다.

　가끔 나에게 터미네이터 경찰관이라는 별명을 붙여 준 조각가 아저씨가 생각난다. 다른 경찰관에게 함부로 대하기도 했지만 나에게 만큼은 고개를 숙여 주던 아저씨…. 내가 진정한 경찰관으로 보였다는 말이 퍽 고맙고 뿌듯했다.

돈도 없고 빽도 없어 예술가의 꿈을 이루지 못했지만 반지하 좁은 공간에서 꽁지머리를 질끈 묶고 망치로 열심히 조각칼을 두드리던 모습이 떠오른다.

누군가가 조각가 아저씨의 진가를 알아봐 주었으면 좋겠다. 자신이 좋아하는 조각을 오랫동안 했으면, 그리고 돈도 많이 벌어 떳떳한 가장이 되었으면 좋겠다. 술은 조금만 먹었으면 좋겠다. 그래서 터미네이터 경찰관이 떠나고 없는 경찰서에 다시 잡혀가는 일이 없었으면 좋겠다.

누구에게나 꿈이 있다. 누군가는 집안이 부유해 어려서부터 많은 지원을 받으며 노력해서 꿈을 이룰 수도 있고, 누군가는 그렇지 못해 조각가 아저씨처럼 중도에 포기하기도 할 것이다. 그러나 꿈을 이루지 못했다고 너무

슬퍼하지 않았으면 좋겠다. 힘든 현실 속에서도 즐거움을 찾고 행복을 느끼며 살아가면 좋겠다. 조각가로서 성공하지는 못했지만 행복한 표정으로 조각칼을 두드리며 통나무 안에 숨어있는 멋진 예술 작품을 다듬어 가던 조각가 아저씨처럼….

폐지 줍는 할머니

일선 현장에 근무하다 보면 노숙자나 주취자같이 가까이하기 꺼려지는 사람을 접하게 되는 경우가 많다. 그런 지저분한 사람을 보면 손으로 만지고 싶지도, 가까이 다가가고 싶지도 않은 것이 당연하다. 하지만 그들도 사람이다. 다른 사람에게 차별받거나 무시당하기 싫고, 그들도 존중받고 싶을 것이다.

나는 그런 사람들에게 다가가서 손을 잡아 주고 어깨를 감싸 주는 것을 꺼리지 않았다. 그게 싫으면 경찰을 하면 안 된다고 생각했다. 더러워진 손은 씻으면 되고 근무복은 빨면 그만이었다. 그러나 더럽다고 손길을 거부하고 벌레 보듯 한다면 그 사람에게는 큰 상처 혹은 분노가 될 것이다.

“편의점 앞에서 업무를 방해한다.”는 신고가 떨어졌다. 현장에 가보니 관내에서 리어카를 끌고 다니며 폐지를 줍는 노인들이 편의점 앞 야외 테이블에서 술을 마시며 소란을 피우고 있었다. 폐지 줍는 일을 마치고 함께 술을 마시다가 시비가 되어 자기들끼리 서로 욕하면서 다투는 상황이었다.

직업에 귀천이 없다지만 온종일 무거운 리어카를 끌고 쓰레기 더미에서 남들이 먹고 버린 음료캔이나 종이박스를 주우며 힘든 노동을 하다 보니 말투가 험하게 변해 가는 것은 당연했다. 행색은 또 얼마나 초라했으랴. 피부는 까맣게 타고 옷은 누더기에 가까웠으며 몸에서는 냄새가 나고 얼굴에는 땟국물이 흘렀다.

온종일 힘들게 폐지를 주워 벌어들인 수입을 그날그날 편의점에 모여 소주 몇 병과 컵라면, 마른안주를 사서 전부 탕진하는 게 그들의 일과였다. 그러니 그들의 단골집인 편의점 주인은 얼마나 그 노인들이 싫었을까. 편의점 주변에 리어카 4~5대를 세워 놓고 노숙자와 다름없는 행색의 노인들이 술을 마시며 언성을 높이고 있으면 들어가려던 손님도 그냥 가기 일쑤였다. 신고자인 편의점 사장은 영업에 방해가 된다며 빨리 대상자들을 이동시켜 달라고 했다.

조치를 해야 했다. 다투는 사람들을 분리시키고 진정시켰다. 그 노인들이 서로 처벌을 원하는 것은 아닐 테니 잘잘못을 따질 것도 없었다. 그저 각자의 이야기를 들어 주며 분을 풀어 주고 참는 사람이 이기는 것이라며 추켜 세워 주면 될 것이었다.

일행 중 할머니가 한 분 계셨다. 폐지 줍는 일을 얼마나 하셨는지 이 구역에서 제법 포스가 있는 듯했다. 깡마른 체구에 새까만 피부, 앙칼진 목소리로 상대방에게 욕설을 해 댔다. 제일 과격하게 싸우던 이 할머니를 먼저 진정시키며 가볍게 안아 드렸다. 그러면서 부드럽게 달래 주었다. 평생 밭에서 일하다가 돌아가신 우리 할머니와 체형이나 피부색이 비슷해서이기도 했다. 그러자 할머니는 금방 누그러지며 말했다.

"젊은 사람이 참~ 됐네." 평소에 신고를 당한 적이 많아 여러 경찰관을 겪어 봤으리라. 다른 경찰관은 오면 인상부터 쓰고 빨리 가라고 윽박지르고 자신들을 버러지 보듯 보았단다. 그런데 젊은 경찰관이 자기들처럼 지저분한 사람을 따뜻하게 안아 주니 뭔가 다른 감정을 느낀 것이다. 그러고는 할머니가 대장인 양 다들 들어가자고 하자 폐지 줍는 노인들은 각자의 리어카를 끌고 자신들의 길을 향했다.

그 이후로 순찰을 하면서 그 할머니를 자주 마주쳤다. 볼 때마다 항상 반갑게 인사했다. 리어카에 짐이 많으면 밀어 주기도 하고 음료수를 드리기도 했다. 그래서 그 할머니는 나를 보면 무척 반가워했다. 편의점 앞에서 폐지 줍는 노인들이 소란을 피운다는 신고도 많이 줄어들었다.

그렇게 시간이 흐르고 나는 승진을 하게 되었다. 특진 임용식에 아내와 아이들(당시 초등학교 3학년 딸과 1학년 아들)이 경찰서에 와서 축하해 주었다. 함께 일하던 선후배들에게 인사를 하기 위해 지구대에 가족들을 데려갔다가 귀가하는 길이었다.

맞은편에 폐지 줍는 할머니가 리어카를 끌고 오는 게 보였다. 나는 할머니에게 반갑게 인사를 했고 아이들에게 얼른 할머니에게 인사하라고 했다. 아이들이 "안녕하세요!"라며 크게 인사했고 옆에 있던 아내도 인사를 했다. 나는 가족들이 진급을 축하해 주기 위해 함께 왔다가 집에 가는 길이라고 설명했다.

그렇게 인사를 하고는 가족들과 가던 길을 재촉했다. 다섯 걸음이나 갔을까, 할머니가 갑자기 아이들을 부르며 오라고 손짓하는 것이었다. 그러면서 입고 있던 바지 속주머니에서 꼬깃꼬깃한 만 원짜리 지폐 두 장을 꺼내 아이들에게 하나씩 주셨다. 내가 안 주서도 된다고 말렸으나 자기 손주 같아 주는 거라고 하셨다. 힘들게 버신 돈인데 괜찮다고 극구 사양했으나 손주들 줄 돈은 있다며 오히려 나를 나무라시고는 아이들에게 말했다.

"너희는 정말 훌륭한 아버지가 있어서 좋겠구나. 아버지에게 잘해야 한다.", "네, 감사합니다."라고 아이들이 대답했다. 나와 아내도 감사 인사를 했다.

집에 돌아가는 길에 아내가 말했다. 내 남편이지만 너무 존경스럽다고, 내 남편 너무 멋있다고….

돈 이만 원이 누군가에게는 담뱃값에 불과할지 모르겠으나 폐지 줍는 할머니에게는 이틀은 일해야 벌 수 있는 돈이었을 것이다. 그 돈을 선뜻 아이들에게 내어 준 마음이 너무 고마웠다. 할머니도 순찰 중에 만나면 반갑게 인사해 주는 내가 그렇게 고마웠을까?

이미 여러 해 지났으니 지금도 살아 계실지, 폐지 줍는 일을 계속 하실지는 모르겠다. 아픈데 없이 건강하셨으면, 다른 폐지 줍는 분들과 사이좋게 지내셨으면 좋겠다.

페인트공

소방 공동대응 요청이었다. 사람이 죽어 간다는 매우 급박한 신고였다.

정신없이 순찰차를 몰아 신고 장소인 공사 현장에 출동해서 차에서 내리자 건물 주변에 페인트 냄새가 진동하고 있었다. 출입구로 뛰어 들어가 지하로 내려가니 신고자인 아주머니가 울면서 안에 아저씨가 죽게 생겼다며 다급하게 소리쳤다.

그곳은 공사 중인 빌라 지하 1층의 가장 안쪽 구석진 곳으로 출입구가 따로 없고 통로라고는 천장 쪽 벽이 50cm 정도 뚫려 있어 사다리를 타고 올라가서 안쪽에서 다시 사다리를 타고 내려가야 하는 작은 공간이었다. 그

2평 남짓한 공간에 페인트공이 들어가 칠을 하고 있던 것이다.

환기가 전혀 되지 않는 공간인 데다 독한 유성 페인트를 사방에 덧칠하고 있었으니 아무리 페인트 냄새에 적응된 페인트공이라도 당해 낼 수 없었을 것이다. 페인트공은 그 작은 공간 안에서 작업을 하다가 심한 어지럼증을 느껴 사다리를 타고 나오려 했으나 미처 나오지 못하고 유독가스에 기절한 채 사다리에 옷이 걸려 대롱대롱 매달려 있었다.

아주머니는 발을 동동 구르며 제발 어떻게 좀 해 달라고 애원했다. 일단 들어가야 했다. 즉시 착용한 조끼(장비)와 근무복 상의를 후배에게 벗어 던지고 사다리를 타고 올라가서 다시 안쪽 사다리를 타고 내려갔다. 벽면에서 바닥까지 페인트 범벅이었고 매우 미끄러웠다.

페인트공을 흔들어 봤지만 이미 의식을 잃은 사람이

깨어날 리가 없었다. 몸으로 끌어안아 올리려고 했는데 갑자기 눈앞이 하얗게 변하고 어지러웠다. 숨을 쉬기 힘들었고 기절할 것 같았다. 급하게 페인트공을 내려놓고 사다리를 타고 벽을 넘어가 얼른 밖으로 뛰어나갔다. 바깥 공기를 마시며 재빨리 숨을 가다듬었다. 지체할 시간이 없어 다시 뛰어가 사다리를 타고 그곳으로 넘어 들어갔다. 쓰러져 있는 페인트공을 끌어안아 일으켰으나 또 유독가스에 질식할 것 같았다. 결국 페인트공을 다시 눕혀 놓고 뛰쳐나올 수밖에 없었다.

함께 출동한 후배는 만류했다. "형님 너무 위험해요. 그러다 형이 죽어요. 소방 올 때까지만 기다려 봐요." 기다릴 수 없었다. 다시 호흡을 가다듬고 뛰어 들어갔다. 그러나 페인트 냄새에 내 몸조차 가누기 어려운 상황에서 기절한 채 축 처져 있는 사람을 들어 올리기는 불가능했다.

몇 번을 들어갔다 나왔다 하며 고군분투하던 차에 소

방이 도착했다. 이제는 됐다는 생각으로 출동한 소방관과 함께 뛰어 내려가며 상황을 설명했다. 소방관은 내부를 확인하더니 밖으로 나가버렸다. 공기호흡기 없이는 들어갈 수 없다며 나도 들어가지 말라고 했다. 출동한 구급차에 공기호흡기가 없었던 것이다. 아주머니는 살려 달라고 애원했지만 소방관은 들어오지 않았다. 나는 가만히 있을 수 없었다. 다시 사다리를 타고 뛰어 들어가서 페인트공을 들어 올리려고 했다. 역시나 헛수고였다.

공기호흡기가 도착하고 장비를 착용한 소방관이 밀폐된 공간에 들어가 안쪽 사다리로 페인트공을 올려 주었고 내가 바깥쪽 사다리에서 함께 당겨 올렸다. 페인트공을 벽으로 넘기는 데 성공하여 얼른 등에 업고 밖으로 뛰어나왔다. 들것에 내려놓았고 구급차는 즉시 보라매병원으로 출발했다.

몸은 땀과 페인트로 범벅이 되었고 옷과 신발도 온통 파랗게 변해 버렸다. 지구대에 복귀하여 페인트를 지워

보려 했으나 지워지지 않았다. 입고 있던 근무복 바지와 내의, 신발은 아내에게 보일 수 없었기에 모두 버렸다. 아깝지 않았다. 페인트공을 빨리 구하지 못한 게 너무 아까웠다.

함께 출동했던 후배는 형님도 죽을 뻔했다며 가슴을 쓸어내렸다. 자신은 냄새가 너무 심해 건물 출입구에도 못 들어가겠던데 어떻게 그 안에 들어가서 페인트공을 업고 나올 생각을 했냐며 너무 무모했다고 했다.

나는 살리고 싶었다. 페인트공에게도, 발을 동동 구르며 오열하던 아주머니에게도 죄를 지은 것 같았다. 조금만 더 힘을 냈으면 살릴 수 있지 않았을까 생각해 봤다. 어지러워도 조금만 더 참고 힘을 냈으면 어땠을까. 그랬다면 나도 거기서 기절했을까?

나중에 페인트공의 이야기를 들었다. 안타깝게도 유독가스를 너무 많이 마셔 뇌에 이상이 생겨 정상적인 생활이 어렵다고 했다. 페인트의 유독가스가 얼마나 무서운지 그때서야 알게 되었다.

신고자인 아주머니는 소방에 민원을 제기했다고 들었다. 출동한 경찰관은 어떻게든 해 보려고 그 좁은 공간을 사다리를 타고 몇 번을 왔다 갔다 하는데 소방관은 밖에서 들어오지도 않았다는 것이다.

소방관이 잘못한 것은 아니다. 그들은 매뉴얼대로 공기호흡기를 착용하고 들어가서 페인트공을 올려 주었다. 안전을 위해 최선의 선택을 한 것이고 자신들의 임무를 다했다. 다만 안전에 무지한 경찰관이 매뉴얼도 모르고 무모하게 뛰어들었을 뿐.

경찰관으로서 일선 현장에 있다 보면 내 힘으로 안 되는 경우가 있다. 정말 잡고 싶은 범인을 눈앞에서 놓칠 때도 있었고 페인트공 사건처럼 귀중한 생명을 살리지 못할 때도 있었다. 그럴 때는 너무 분하고 억울하고 화가 난다. 정말이지 나는 미치도록 잡고 싶고, 살리고 싶었던 것 같다.

그날 퇴근해서 아내에게 아세톤을 달라고 해서 몸에 묻은 페인트를 지워 냈다. 잘 지워지지 않아 한동안 팔에 파란색 페인트 자국이 묻은 채 다녔다. 아내에게는 근무 중에 실수로 묻은 거라고 대충 둘러 댔다.

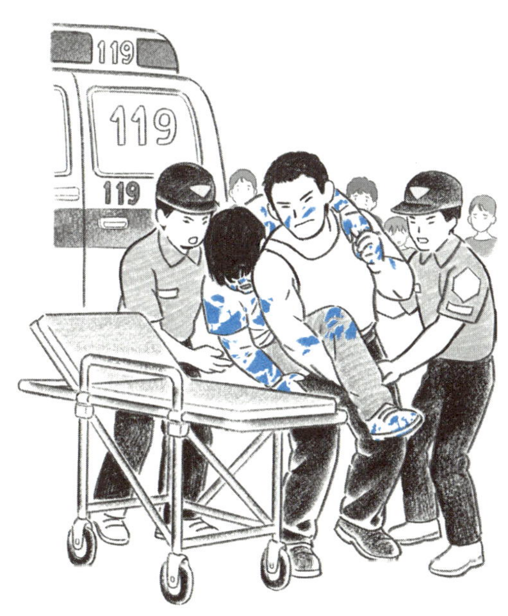

희필이 형

지구대나 파출소에 근무하다 보면 자주 찾아오는 손님이 있다. 손님이라기보다 불청객이라고 하는 게 더 적절한 표현이겠다.

내가 근무하는 지구대에도 자주 찾아오는 불청객이 있었다. 나이는 50대 중반쯤이고 한쪽 다리가 무릎까지 잘려 나가 의족을 하고 있었다. 항상 술에 취해 있었으며 씻지 않아 머리는 기름지고 코에서는 콧물이 흘렀고 늘어진 티셔츠에는 음식물이 묻어 있었다.

행색이 이렇다 보니 허구한 날 지구대에 찾아와 소리 지르고 욕을 해 대는 이 불청객을 반길 사람이 없었을 터. 그가 멀찍이서 절룩거리며 오는 모습이 보이면 바로 지구대 출입문을 잠가 버리고 들어오지 못하게 했다. 밖에서 문을 두드리며 소리를 질러도 누구 하나 응대하는 근무자가 없었다. 안에서 그를 경멸의 눈초리로 바라보며 빨리 가라고(꺼지라고) 욕하는 근무자는 있었다.

　나는 한바탕 소란에도 불구하고 철저히 무시당한 채 돌아가는 그가 불쌍했다. 지구대에서 상황근무를 하던 어느 날 그가 또 찾아왔다. 나는 믹스커피를 한 잔 타서 나갔다. 콧물을 흘리고 침을 튀기며 소리를 지르던 그에게 웃으며 인사하고 악수를 청하며 커피를 건넸다. 평소 이런 접대를 받아 본 적이 없다는 듯 나를 쳐다보더니 이내 커피를 한 모금 들이켰다.

　지구대 안으로 들어오게 했다. 의자에 나란히 앉아 이야기를 나누기 시작했다. 무슨 억울한 일이 있어서 왔는지, 뭐 도와드릴 건 없는지, 다리는 왜 다치게 되었는지 물었다.

그의 이름은 이희필. 충남 서산 출신이며 충남대학교를 나왔다고 했다. 당시 충남대에 들어갔으면 시골인 서산에서는 수재 소리를 들었을 그였다. 그러나 군대에서 불의의 사고로 오른쪽 다리를 잃으면서 부모님은 화병으로 돌아가시고 자신은 결혼도 하지 못한 채 혼자서 외롭게 살아가고 있다고 했다.

이런 상황에서 당연히 정상적인 삶이 가능했을 리가 없었다. 좁은 골목에 다 허물어져 가는 주택 단칸방에서 혼자 살며 매일 술을 마시고 폐인처럼 살고 있는 그에게 찾아올 가족도 친구도 없었다. 사는 게 힘들고 외로웠다. 자신의 팔자를 생각하자니 부아가 치밀어 자주 지구대에 찾아와서 화풀이를 하는 것이었다.

그런 험한 팔자가 또 있을까. 감히 위로해 주기가 힘들었다. 최대한 진심 어린 눈빛으로 이야기를 들어 주고 안타까워하는 표정을 지어 보였다. 믹스커피를 다 먹은 종이컵을 받아서 버리고 새 종이컵에 녹차를 타 주었다.

그렇게 희필이 형님과 한참을 이야기를 나누고 집까지 배웅했다. 내가 허리에 살며시 손을 올려 부축하자 싫지 않은 표정이었다. 절룩거리는 걸음걸이로 골목으로 들어가는 모습을 보며 손을 흔들어 주었다. 다음에 또 믹스커피를 마시고 싶으면 언제든지 지구대에 놀러 오라고 했다.

그 이후에도 희필이 형은 지구대를 자주 찾았다. 예전처럼 고래고래 소리를 지르며 못 들어오게 잠가놓은 출입문 앞에서 침을 튀기며 욕을 했다. 욕을 하다가 화가 나면 의족을 찬 바지를 걷어 올렸다. 경찰관이 장애인을 홀대한다는 일종의 시위였다.

그러나 내가 있을 때면 달라졌다. "어이~ 동생~" 그는 나를 동생이라고 불렀다. 내가 그를 형님이라고 불렀으니 자연스러운 호칭이었다. 믹스커피를 한 잔 타서 나가자 내 팔을 덥석 잡았다. 콧물을 훔친 지저분한 손이었다. 어차피 빨아야 할 근무복이었다. 나는 형님을 반갑게 안아줬다. 옷에 콧물이 묻고 침도 묻었다. 그러나 나를 보고 해맑게 잇몸 미소를 지으며 반가워하는 희필이 형을 바라보면서 더러워할 수 없었다. 그렇게 몇 번을 더 만나 믹스커피를 마셨던 희필이 형은 내가 경찰서로 발령이 나게 되며 만날 수 없었다.

경찰서에 근무한 지 한참의 시간이 흘렀다. 나는 그때 경무계에서 서무 업무를 담당하고 있었다. 경찰서 살림을 챙기는 일을 하다 보니 여기저기 내 손이 닿지 않는 곳이 없었고 가끔 경찰서를 찾는 악성 민원인들의 이야기를 들어 주고 달래서 집에 보내는 일도 내 차지였다. 평온하던 어느 날 오후 시간이었다. 경찰서가 갑자기 소란스러웠다. 2층 사무실까지 들려오는 소란에 1층으로 내려가 보니 낯익은 얼굴이 있었다. 희필이 형이었다.

희필이 형은 예전과 변함없이 술에 취해 콧물을 흘리며 현관 근무자에게 소리를 지르고 있었다. 근무자는 지저분한 희필이 형이 다가오면 슬금슬금 뒤로 물러났다.

잔뜩 짜증 난 표정으로 팔짱을 끼고 버러지 보듯 희필이
형을 쳐다보는 게 느껴졌다.

"희필이 형!" 내가 소리쳤다. 나를 본 희필이 형이 "어
이~ 동생~ 여기 있었어?"라며 반갑게 내게 다가왔다. 나
는 희필이 형을 안아 줬다. 희필이 형처럼 나도 진심으
로 반가웠다. 믹스커피를 타서 밖으로 나와 경찰서까지
찾아온 이유를 물었다.

이유는 이랬다.

지구대에 자꾸 찾아가서 소란을 피우는 희필이 형이
직원들은 너무도 싫었을 것이다. 그의 사정을 뻔히 알고
있으니 관공서 주취소란으로 체포할 수도 없고 어르고
달래 귀가시키는 방법밖에 없었다. 그러다가 어떤 직원
이 화가 나서 경범죄(음주소란 등)로 딱지(범칙금)를 끊
었던 것이다. 당연히 제대로 소통이 이루어질 리 없었을
것이고 범칙금 발부 스티커를 받아 가지도 않았을 것이

다. 시간이 흐른 뒤 집으로 범칙금 고지서가 날아오자 흥분하여 지구대로 달려가 소란을 피웠고 당연히 지구대에서 문전박대를 당했으니 경찰서까지 오게 된 것이다.

나는 일단 희필이 형 앞에서 스티커를 끊은 직원의 욕을 해 주었다. 희필이 형이 동조하며 좋아했다. 납부해야 하는 범칙금은 희필이 형에게는 안 내도 된다고 했다. 범칙금 5만 원이 다른 사람에게는 적은 돈일 수 있지만 희필이 형에게는 며칠간 끼니를 때울 수 있는 돈이었다.

시일이 지나고 범칙금을 내지 않아 수배자가 되면 경찰서 유치장에서 하룻밤 보내면 될 일이다. 수배 이야기는 하지 않았다. 그냥 이딴 거 안 내도 되니 찢어 버리고 맘 편히 들어가라고 했다. 일이 속 시원히 해결된 양 희필이 형은 나에게 잇몸 미소를 보이며 무척이나 고마워했다. 그리고는 경찰서를 나섰다.

절룩거리며 걸어가는 뒷모습…. 그러나 그 뒷모습은

나를 돌아보지도 않고 쿨하게 손을 높이 들어 흔들어 보이는 기분 좋은 뒷모습이었다. 마음이 짠했다.

희필이 형이 살면서 행복, 사랑, 기쁨이라는 것들을 느낄 기회가 있기는 할까? 이럴 때는 세상이 참 불공평하다는 생각이 든다. 희필이 형도 어렸을 적에는 부모에게 사랑받는 귀여운 자식이었을 것이고 공부 잘하는 모범생이자 동네의 자랑이었을 것이다. 불의의 사고로 인생이 송두리째 바뀐 불쌍한 사람. 희필이 형이 가엾다.

경찰관으로 근무하다 보면 어려운 사람을 많이 접한다. 사회적 약자라 불리는 장애인, 독거노인, 소년소녀 가장, 북한이탈 주민, 외국인 근로자 등등. 그 외에도 범죄 피해자들이 바로 그들이다. 우리 사회는 이런 사회적 약자들이 차별받지 않고 인간답게 살 수 있도록 도와야 한다. 모든 사람들이 동등한 위치에서 참여하고 대접받을 수 있는 분위기가 형성되어야 한다. 그게 더불어 사는 사회이다.

나 역시 봉사활동도 하고 싶고 기부도 하고 싶은 마음은 있었지만 창피하게도 그렇게 하지 못했다. 사는 게 바빠서 안 된다는 말은 핑계라는 생각이 든다. 국민에게 봉사하는 직업을 가진 경찰관이라면 더욱 그렇다. 나와 함께 근무하는 선배님은 10년 넘게 봉사 모임을 하고 계신다. 50대 중반의 나이임에도 주말마다 양로원에 가서 재롱잔치를 하며 어르신들에게 웃음을 준다고 한다. 참으로 존경스럽다.

지금 당장이라도 선배님을 따라나서야겠다.

불체포특권

이태원파출소에 근무할 때였다. "외국인에게 폭행당했다."는 다급한 신고가 접수되었다. 나는 신속하게 순찰차를 몰아 신고 장소인 남산 공원 진입로에 출동했다. 다행히 가해자인 외국인이 아직 현장에 있었고 집으로 그냥 가려는 것을 붙잡았다.

신고자는 40대 중반 정도의 남성으로 덥수룩한 머리에 면도를 안 해 수염이 지저분하고 늘어진 반팔 티셔츠와 반바지를 입고 있어 행색이 초라해 보였다. 또 다른 피해자로 보이는 70대의 고령의 아주머니는 넘어져서 손톱 부위에 피를 흘리고 있었으며 구급차가 곧 현장에 도착하여 응급처치 후 곧바로 병원으로 이송했다.

신고자는 흥분하여 나에게 피해 사실을 격한 몸짓을 섞어 가며 설명했다. 어머니와 집 앞에 산책을 나왔는데 가해자가 끌고 온 개(리트리버)가 갑자기 어머니를 향해 달려들었으며 이를 막기 위해 가지고 있던 우산을 펴서 개를 향해 휘두르자 덩치 큰 외국인이 자신의 개를 때린다는 이유로 피해자를 발로 차며 폭행한 것이었다.

나는 말도 안 통하는 외국인에게 폭행을 당하고 억울해하는 피해자가 불쌍했다. 그리고 외국에서 우리나라까지 와서 선량한 우리 시민을 폭행한 덩치 큰 외국인을 반드시 처벌해야겠다고 생각했다.

가해자인 외국인에게 다가갔다. 그 역시 흥분한 상태였다. 흥분하면 한국 사람도 얘기가 안 통하는데 외국인이 말이 통할 리가 없었다. 옆에 아내로 보이는 외국인 여성이 남성을 말리는 것으로 보아 가해자 역시 아내와 함께 개를 끌고 집 근처 공원에 산책을 나왔다가 개의 목줄을 풀어놓아 이런 사태가 벌어진 것이었다. 그러면서 자신은 독일 대사관 직원이라는 걸 강조하며 내가 자신을 못 가게 잡아 놓은 것에 대해 매우 화가 난 듯했다. 진정시키려는 나에게도 계속해서 인상을 쓰고 소리를 지르며 비협조적이었다.

나 역시 화가 나서 인상을 쓰며 응수했다. 우리 국민을 폭행하고도 그렇게 당당하다니…. 독일 대사관 직원이면 그렇게 당당해도 되나 싶었다. 나는 영어를 잘하지 못했지만 이태원에 근무하면 외국인을 검거하는 경우가 많았기 때문에 이 문장 하나는 외우고 있었다. "Show me your licence!"

동네에 산책을 나오는데 신분증을 가지고 있을 리 없었다. 그리고 나는 그가 독일 대사관 직원이라는 말도 믿을 수 없었다. 나는 즉시 폭행죄 현행범으로 체포하고 그 큰 몸집을 순찰차 뒷좌석에 밀어 넣었다.

지구대에 데려가 영어 진술서(이태원에는 외국인이

많아 영어로 된 진술서가 따로 있다.)를 내밀며 턱짓을 했다. 본인의 인적사항과 피해자를 폭행한 사실을 진술서에 그대로 적으라는 표현이었다. 그러나 그 외국인 남성은 진술서는 처다보지도 않고 팔짱을 낀 채 붉어진 얼굴로 소리만 질러 댔다. 정확히 알아들을 수는 없었지만 두고 보자는 얘기인 듯했다. 무척 화가 났다. 나 역시 언성을 높이고 가해자를 향해 오만 인상을 쓰며 빨리 진술서를 쓰라는 표현으로 책상을 내리쳤다.

함께 온 피해자는 구석 자리에 앉아 자신의 머리를 감싸며 억울해하고 있는데 가해자는 오히려 화를 내며 경찰관에게까지 협박하는 현실에 우리나라의 공권력이 너무 약하다는 생각이 들었다. 다른 나라에서 온 저 가해자에게 반드시 죄의 대가를 치르게 하고 싶었다.

그러던 중 한 외국인 여성이 지구대로 헐레벌떡 들어왔다. 함께 산책을 하던 그의 아내였다. 한바탕 소동을 겪고 남편이 체포되자 그녀는 얼른 집에 가서 신분증을 가지고 온 것이다. 독일 대사관 직원임이 확인되었다. 얼마 지나지 않아 서버밴 서너 대가 지구대 앞에 서더니 덩치 큰 외국인 여럿이 내렸다. 독일 대사관에서 나온 사람들이었다. 그들은 상기된 얼굴로 가해자를 체포한 경찰관이 누구인지 찾는 듯했다. 그러면서 가해자와 똑같은 표정으로 화를 내며 나에게 뭐라고 언성을 높이며 말했다. 알아들을 수는 없었으나 마찬가지로 두고 보자는 것 같았다. 나 역시 마음대로 해 보라는 듯 인상을 쓰며 응수했다.

그들은 가해자와 그의 아내를 태우고 사라졌다. 너무 화가 났다. 외국인이 우리나라에 와서 특권을 누리고 좋은 집에서, 좋은 대접 받으며 살면서 저런 몰지각한 행동으로 우리 국민에게 피해를 준 것도 열받았지만 그런 나쁜 놈을 마음대로 처벌할 수 없는 현실이 더 열받았다.

구석에 앉아 있는 피해자에게 가서 어깨를 토닥이며 위로했다. 그러면서 가해자를 욕했다. 저런 나쁜 놈은 반드시 처벌될 테니 걱정 말라고 했다. 녹차를 권하자 그의 흥분이 조금은 가라앉고 화가 누그러진 듯했다.

그러고는 한 5분이나 지났을까? 대형 세단 여러 대가 지구대 앞에 들어섰다. 정장을 입은 사람들 몇 명이 지구대로 들어왔다. 무슨 영문인지 몰랐으나 그중 가장 높은 사람으로 보이는 한 남성이 나에게 명함을 내밀며 인사했다. 그는 피해자가 자신의 어머니와 막내 동생이며 출동한 경찰관이 많이 신경 써 주었다고 전해 들었다며 고마워했다. 그러면서 나중에 한번 찾아오라고, 차 한잔 하자고 했다. 나는 당연한 일을 한 것뿐이라며 손사래 쳤다. 그러면서 가해자가 불체포특권으로 귀가한 것에 대한 아쉬움을 토로하며 피해자인 막내 동생에게 했던 것처럼 가해자를 욕해 주었다. 그런 놈은 반드시 법대로 처벌받도록 하겠다고 얘기하며 걱정 말고 동생을 집에 데려가서 위로해 주라고 했다.

받은 명함은 굳이 연락할 일이 없을 것 같아 쓰레기통

에 버렸다. 나중에 알고 보니 피해자는 우리나라에서 손
꼽히는 대기업 회장의 부인과 막내아들이었다. 나에게
명함을 주었던 사람은 회장의 큰아들이었고 그날 세단
을 타고 함께 왔던 사람들은 그 기업의 변호사들이었다.

다음날 '대기업 회장 부인 獨 대사관 직원 개에 물려.'
라는 기사와 함께 독일 대사관 직원의 폭행 사건이 뉴스
에 도배되었다. 이후 독일 대사관의 사과 입장도 보도되
었다.

70대의 노모와 동네에 산책을 나온 아들. 행색을 보고
안쓰럽게 여겼던 그가 대기업 회장의 아들이었다니 기
분이 이상했다. 그리고 억울한 일을 당한 피해자가 소위
말하는 돈 많고 빽 있는 사람이어서 다행이라 생각했다.
잘못을 하고도 당당하게 소리치던 독일 대사관 직원의
코를 납작하게 해 주었기 때문이다. 결국 사과와 합의로
인해 '공소권 없음'으로 마무리 되었지만 뉴스에까지 보
도되어 창피를 당했으니 나름 통쾌했다.

만일 피해자가 내가 생각했던 것처럼 가진 것 없는 일반인이었다면 독일 대사관에서 공개적으로 사과를 했을까? 피해자에게 제대로 된 보상을 했을까? 언론에 보도는 되었을까? 아마도 그러지 않았을 것이다.

죄를 짓고도 당당한 사람이 있다. 국회의원이나 대사관 직원처럼 불체포특권이 있는 사람들뿐 아니다. 돈 많고 빽 있는 사람이 그렇다. 물론 극히 일부 이야기다. 그까짓 벌금 내면 그만이지, 돈으로 합의하면 그만이지. 아니면 비싼 변호사 선임해서 대응하면 그만이지. 이런 썩어 빠진 생각을 가진 사람을 보면 정말 속이 터진다.

그런 상황을 볼 때마다 우리나라 법이 불공평하다는 생각이 든다. 잘못을 하면 누구나 공평하게 처벌을 받아야 하는데 같은 벌금이라도 누군가에게는 껌값이고 누군가에게는 생계가 달린 몇 달치 월급이 될 수도 있다. 앞서 말한 희필이 형의 범칙금처럼 말이다.

불체포특권이 있다 하더라도 독일 대사관 직원처럼 잘못된 자신의 행동에 당당하면 안 된다. 피해자에게 미안해야 한다. 진심으로 반성하고 자신의 행동을 창피해해야 한다. 또한 대기업 회장의 아들이 아니어도 피해자라면 당연히 사과받고 적절한 보상을 받아야 한다.

법을 집행하는 경찰관으로서 정의로운 사회를 만들기 위해 나부터, 그리고 우리 조직이, 모든 사회가 다 같이 노력해야겠다.

하부장

경찰이 된 지 만 19년이 넘었다. 그동안 만난 대부분의 선배들은 본받을 부분이 많았고 내게 귀감이 되었으며 존경스러웠다. 그러나 그렇지 않은 사람도 간혹 있었다.

101경비단이라는 곳에서 경찰생활을 시작해 6년간의 임기를 마치고 일선 지구대에 발령을 받았다. 그곳은 서울에서도 악명 높기로 손꼽히는 이태원파출소. 관광특구답게 수많은 볼거리와 먹거리가 있음은 물론 유명 클럽과 호텔, 주점 등 유흥문화의 중심인 동시에 주한미군과 각국의 외국인, 내국인이 뒤섞여 사건사고가 끊임없이 일어나는 곳이다. 신고 건수는 둘째 치고 외국인이 많다 보니 업무 난이도가 높아 다들 일하기 꺼리는 곳이었다.

거기서 하부장(우리는 경찰 계급 중 경사를 편의상 부장이라고 칭하고 있다.)을 만났다. 그는 나와 같은 경사였지만 경찰에 먼저 입직한 선배였고 나이도 3살 정도 많았다. 일선 경험이 처음이다 보니 먼저 와 있던 하부장과 함께 순찰차를 타며 일을 배워야 했다. 일선 첫 발령지에서 만난 선배였으니 마치 군대에서 훈련소를 마치고 자대에 배치받은 신병처럼 절도 있고 빠릿빠릿한 동작으로 열심히 하는 모습을 보이려 노력했고 최선을 다해 보필했다.

그러나 얼마 지나지 않아 하부장은 경찰이란 직업과 맞지 않는 사람이라는 걸 깨달았다.

112신고를 나가면 조장인 하부장이 신고자와 대화하며 주도적으로 업무를 처리하고 조원인 나는 현장 보존, 증거 확보, 대상자 신원 확인 등의 보조 역할을 했다. 하부장이 대상자들의 진술을 청취하여 사실관계, 범죄혐의 및 피해자의 처벌 의사 등을 확인하고 사건처리를 할지 중재하고 현장종결을 할지 판단했고 나는 조장의 지시에 따라 대상자를 체포하거나 진정시켜 보내는 것이 일반적인 우리의 방식이었다.

그러나 하부장은 신고출동을 나가면 민원인과 싸우기 일쑤였고 분명 피해자가 있고 사건처리를 해야 하는 상황임에도 억지 화해를 시키고 돌려보내는 상황도 적지 않았다. 순찰 중 민원인이 도와달라고 이야기하면 "필요하면 신고하세요!" 하고 짜증을 내며 그냥 지나쳤고 택시기사만 보면 바퀴벌레라 칭하며 공연히 사이렌을 켜고 이동하라고 소리쳤다. 얼굴은 항상 짜증이 나 있었으며 쌍시옷으로 시작되는 욕이 늘 입에 붙어 있었다.

여기서 두 가지 사례만 소개하겠다.

어느 주말, 저녁 10시경 "벽돌을 들고 싸우려고 한다."는 신고가 들어왔다. 출동해서 상황을 확인하니 이랬다. 20대 후반의 젊은이 3명이 한 술집에서 술을 마시다가 잠시 골목길에 나와서 담배를 피우고 있었고, 그 골목길을 아버지와 어머니, 중학생 딸이 함께 걸어가던 길이었다. 담배를 피우던 젊은이 중 한 명이 가족들이 걸어가는 쪽으로 침을 뱉었고 그 침에 딸이 맞을 뻔하자 아버지가 사람 있는 쪽으로 침을 뱉으면 어떡하냐며 항의하자 시비가 된 것이다.

술에 취한 젊은이들은 사과는커녕 골목길에 뒹굴고 있던 벽돌을 들고 아버지를 위협하였고 이를 지나가던 행인이 신고한 것으로 누가 봐도 명백히 젊은이들의 잘못이었다. 나는 우선 젊은이들의 인적사항을 적었고 신고자의 진술을 청취하는 등 사건처리를 위한 역할을 했다. 그러나 하부장의 업무 처리는 이랬다.

"선생님, 경찰서 갈 거예요? 이쪽 선생님은 경찰서 갈 거예요? 안 갈 거면 화해하세요." 하더니 아버지와 젊은이의 손을 맞잡아 악수를 하도록 하고 "그럼 저희 갑니다." 하고 순찰차에 타는 것이었다. 아버지도 어이가 없었는지 쓴웃음을 지으며 가족들을 이끌고 귀가했다. 젊은이들은 반성은커녕 미안한 마음은 찾아볼 수도 없었고 비웃듯이 자기들끼리 욕지거리를 주고받으며 술집으로 들어가려고 했다.

나는 너무 화가 났다. 그들을 그냥 보낼 수 없었다. 그 젊은이들을 불러 술을 마시려면 곱게 마시지 왜 지나가는 사람에게 시비를 거냐며 훈계를 했다. 그러자 그들은 오히려 나에게 큰소리를 치며 자신들이 해병대 출신이라 혈기왕성해서 그런 거라고 비아냥거렸다.

나 역시 해병대 출신이었다. 그들이 나보다 나이가 한참이나 어렸으니 보이지도 않는 까마득한 후임들이었다. 내가 갑자기 돌변하여 인상을 쓰고 목소리를 깔며 해병대 몇 기냐고 묻자 갑자기 차렷 자세로 공손히 서더니 죄송하다며 고개를 숙였다. 나는 마치 군대에서 후임의 군기를 잡듯 한바탕 훈계를 하고 그들을 돌려보냈다.

이미 순찰차 보조석에 앉아서 기다리던 하부장은 나를 나무랐다. 자신이 깔끔하게 처리하고 대상자들을 귀가시켰는데 왜 대상자들이랑 싸우려고 하냐, 민원 맞으면 어쩌려고 그러냐는 등 나를 다그쳤다. 화가 났지만 일선에서 만난 첫 조장에게 화를 낼 수 없었다. 내가 죄송하다고 몇 번이나 사과하며 이 사건은 마무리되었다.

다음은 평일 저녁 7시경 한남대로에서 일어난 일이다. 그 시간대 한남대로는 퇴근길의 수많은 시민들이 몰려 버스는 만원으로 탑승하기조차 힘들고 정체가 매우 심해 교통 불편 신고가 자주 들어오는 곳이었다. 거기서 버스와 승용차의 경미한 접촉사고가 있었던 것이다.

순찰 도중 다급하게 손짓하는 버스기사를 발견하여 그쪽으로 이동해서 갓길에 정차하려 하자 하부장은 "필요하면 신고할 건데 왜 차를 세우냐."며 짜증을 냈다. 혼자 내려서 버스기사와 이야기를 했다. 버스가 정류장에 무리하게 끼어들다가 주행하는 승용차의 앞 범퍼를 살짝 긁었는데 상대 운전자는 차에서 내리지도, 창문을 내리지도 않은 채 차 문을 잠그고 휴대폰으로 게임을 하고 있는 상황이었다. 버스기사는 만원버스의 손님들 때문에 발을 동동 구르며 안절부절 못하고 있었다.

얼른 승용차 운전자에게 가서 창문을 내리도록 했다. 버스기사가 과실을 인정하고 보험처리를 해 준다는데 왜 이렇게 행동하는지 묻자 자신은 버스기사를 못 믿겠다는 거였다. 경찰관이 인적사항을 확인했고 버스기사가 운행을 마치고 회사로 복귀하여 보험 처리를 해 주겠다는 약속을 했으니 서로 연락처를 교환하고 통행에 방해가 되니 얼른 이동하라고 했다.

그래도 승용차 운전자는 시큰둥한 반응이었다. 내 연락처를 알려 주며 사고 처리에 문제가 있으면 연락하라고 하자 마지못해 출발했다. 버스기사는 만원버스 승객들의 원망 섞인 눈초리를 받으며 온몸에 식은땀을 흘린 채 버스에 올라 운행을 시작했다. 버스 승객들의 불편은

말하지 않아도 뻔했을 것이고 버스기사는 얼마나 속이
탔을까.

상황을 정리하고 순찰차에 올라탔다. 순찰차에서 내
리지 않고 조수석에 그대로 있던 하부장은 백미러로 상
황을 지켜본 듯 했다. 하부장이 말했다. "너 그 운전자한
테 니 연락처 줬지? 너 혼자 근무했어? 교통사고가 그렇
게 만만한 줄 알아? 그러다가 민원 맞으면 니가 책임질
거야?"

신고한 것도 아닌데 못 본 체하고 그냥 갈 것이지 굳이
내려서 오지랖을 부린 것에 대한, 그리고 사고가 원만하
게 해결되지 않거나 대상자가 민원을 제기했을 때 나와
함께 근무했던 본인에게도 책임이 따르는 게 싫다는 말
이었다. 기분이 좋지 않았다. 그날은 하부장에게 죄송하
다고 하지 않았다. 어떻게 경찰이 이럴 수 있나, 이런 사
람이 어떻게 경찰이 되었나 하고 생각했다. 하부장은 나
에게 30분간이나 막말을 해 댔다.

이후 얼마 지나지 않아 하부장은 시험으로 승진을 하고 다른 곳으로 발령이 났다. 떠나기 전 그는 나에게 그동안 덕분에 편하게 근무했다며 잘 챙겨 줘서 고맙다는 말을 했고 나중에 술 한잔 사겠다고 했지만 난 휴대폰에서 하부장의 전화번호를 삭제했다.

하부장이 떠나고 나서 팀장님이 나에게 말했다. 그동안 고생했다고…. 아무도 하부장이랑 순찰차를 안 타려고 해서 어쩔 수 없이 그나마 선배에게 잘 맞춰 주는 나를 짝꿍으로 태웠다고 했다. 나도 그 상황을 알고 있었다. 자원근무를 나가도 하부장은 내가 나가는 날에 맞춰 나왔고 꼭 나와 순찰차를 같이 타려고 했다.

한번은 들어온 지 얼마 안 된 순경 후배가 하부장과 같은 순찰차로 지정이 되자 나에게 와서 사정했다. 하부장과는 도저히 순찰차를 함께 탈 수 없다며 한 번만 살려 달라고 애원했다. 언젠가 같이 타면서 심하게 데인 모양이었다. 내 조장이기도 했고, 후배 살리는 셈 치고 내가 함께 탔다. 내가 타도 힘든데 순경에게는 얼마나 안하무인일지 안 봐도 뻔했기 때문이다.

지금에 와서 생각해 보면 선배라 하더라도 내가 왜 그렇게까지 깍듯이 모셨는지 모르겠다. 아마도 해병대와 101경비단 같은 엄격한 기수문화를 거쳤기 때문일 것이다. 나중에 하부장과 같은 팀에서 근무한다는 후배에게 들었다. 그때도 하부장은 변하지 않고 후배들에게 안하무인이라는 이야기를….

차라리 나와 일할 때 잘못된 행동, 불합리한 지시에 분명히 이의를 제기하고 잘못을 바로잡아 줬으면 어땠을까 하는 생각이 든다. 그랬다면 경찰관으로서 국민에게 부끄럽지 않고 직장에서 좋은 동료가 될 수도 있지 않았을까?

하부장과 함께 일하고 있을 동료들을 응원한다.

비행청소년

일선에서 근무한 지 얼마 안 된 초짜 시절 이태원에서 근무할 때다. 이른 저녁 시간 한 라운지 바(lounge bar)에서 고가의 가방이 없어졌다는 신고가 들어왔다. 피해자는 그곳의 업주로 카운터 아래 수납공간에 약 400만 원 상당의 루이비통 가방을 놓아 두었는데 누군가 가져갔다고 했다. 그러면서 약 30분 전쯤 여성 손님 3명이 술을 마시고 나갔는데 이들이 의심스럽다는 것이었다.

다행히 내부에 CCTV도 있고 카드로 술값을 결제하고 나가서 피의자들을 특정할 수 있었다. 그리고는 얼마 지나지 않아 이태원 거리를 배회하는 그들을 검거했다. 절취한 가방을 그대로 들고 있었고 내용물도 다행히 그대로였다. 인적사항을 확인하니 17세의 여고생들이었다.

파출소로 임의동행하여 의자에 침울한 표정으로 앉아 있는 여학생들을 보니 갑자기 딸이 생각났다. 이들도 역시 누군가의 자녀이고 어렸을 적 부모의 사랑을 한 몸에 받으며 자랐을 것이다. 이대로 사건처리를 하면 앞으로의 학교생활은 물론 이들의 미래에도 분명 나쁜 영향을 미칠 것이었다.

사건처리를 하기가 망설여져 머뭇거리는 내게 팀장님은 빨리 사건처리를 하라며 재촉했고 여학생들은 결국 경찰서로 넘겨졌다. 순찰차 뒷좌석에 태우고 가는 내내 마음이 편치 않았다. 여학생들에게는 경찰서 가서 죄송하다고, 호기심에 그랬다고 크게 후회하고 반성한다고 잘 답변하도록 말해 주었다.

퇴근해서 집에 들어갔는데 아내가 내 어두운 표정을 보자 무슨 일이 있었냐며 걱정했다. 오늘 있었던 일을 얘기하며 처음으로 경찰관이 된 것에 회의감을 느낀다고 했다. 나에 대해 가장 잘 알고 있는 아내는 그런 나를 위로했다. 그러면서 그 여학생들이 그래도 나 같은 경찰을 만나서 다행이라며 앞으로 나쁜 짓 안 하고 잘 살아갈 거라고 얘기해 주었다. 처음으로 고등학생을 입건하게 된 나는 한동안 출근하는 게 즐겁지 않았다.

그러나 이후 일선 경험이 쌓이면서 나는 더 이상 청소년들을 딱하게 생각하지 않게 되었다. 오히려 미성년자, 촉법소년이라는 법의 허점을 이용해 죄의식 없이 범죄를 저지르며 사람들에게 피해를 주고 경찰관에게도 당당하게 반항하는 청소년들을 보며 화가 치밀어 오른 게 한두 번이 아니다.

한 중학생 남자아이는 PC방에서 초등학교 때부터 남의 지갑을 훔치기 시작해 잡혀 온 게 열 번은 족히 되었으며 급기야 주택에 침입절도까지 일삼게 되어 결국은 소년원에 갔다.

어떤 고등학생은 지나가는 사람에게 시비를 걸고 출

동한 경찰관에게 잡을 수 있으면 잡아 보라며 도망치는 경우도 있었고, 무등록 오토바이를 타고 곡예운전을 하며 경찰관의 정차 명령에 불응하고 조롱하며 도주하는 경우도 다반사였다.

신림동에 근무할 때였다. 거리에서 단체로 몰려다니며 험악한 분위기를 조장한다며 여러 번 신고가 된 학교 밖 청소년들이 있었다. 이들은 7~8명이 몰려다니며 거리에서 담배를 피우고 침을 뱉으며 주민들을 불안하게 했다. 출동하여 귀가시키려 해도 돌아갈 곳이 없고 부모도 내놓은 가출 청소년들이었으니 경찰관으로서도 골칫거리였다. 겨우 잘 타이르고 설득하여 해산시키면 다른 곳에 다시 모여 주변 사람들에게 불안감을 조성하기 일쑤였다. 만 18세도 안 된 미성년자라고는 하지만 팔다리에는 문신이 가득하고 덩치나 외모가 성인과 크게 다를 바 없는 이들이었다. 험악한 외모에 대부분이 욕설인 대화를 주고받으며 고성방가를 하고 있으니 주민들에게는 공포스러운 것이 당연했다.

그날도 신림동 번화가에 있는 한 공터에서 그들이 소란을 피워 신고가 들어왔다. 마침 나는 다른 신고가 있어 다른 순찰차 두 대가 먼저 출동했고 나는 신고처리를 하고 나서 한참 뒤에 현장에 도착했다. 도착한 현장의 광경은 참으로 가관이었다. 청소년들을 타이르는 50대 경찰 선배의 말은 듣는 체도 안 하고 자기들끼리 웃고 떠들고 있었으며 그중 머리는 삭발에 온몸은 문신으로 덮여 있는 체중이 100kg은 거뜬히 넘어 보이는 덩치가 큰 녀석이 선배 경찰관을 불룩 튀어나온 배로 밀치며 미성년자인데 체포하려면 하라는 듯이 비아냥대고 있었다.

그 광경에 순간적으로 이성을 잃은 나는 그대로 달려가 그 녀석의 빡빡 민 머리를 강스파이크로 날렸다. 머리털 없이 맨살인 뒤통수에 나의 강스파이크가 철썩 달라붙었으니 눈알이 튀어나오는 느낌이었을 것이다. 그대로 발로 차서 넘어뜨린 뒤 그 녀석을 제압해서 순찰차에 태웠다. 미란다원칙 고지 따위는 없었다. 너 같은 놈은 가만두지 않겠다며 쌍욕을 해 댔다.

지구대로 가는 길에 그 녀석은 112신고를 했다. 경찰관이 때렸다는 신고였고 잠시 뒤 어떤 상황인지 묻는 무전이 나왔다. 순간 당황했지만 체포 과정에서 물리력 사용이 있었다고 둘러댔다. 지구대에 도착해 그 녀석을 지구대 옆에 있는 창고 같은 어두운 곳으로 끌고 갔다. 거기서도 반성이 없으면 귀싸대기라도 때릴 생각이었다.

다행히 녀석은 그곳의 분위기에 겁을 먹었는지 순순히 죄송하다고 했다. 나도 곧 흥분이 가라앉아 아까 때려서 미안하다고 했다. 그리고 아까 배로 밀치며 버릇없게 대했던 경찰관 아저씨에게도 가서 사과하라고 했다.

구부정하게 인사를 하고 지구대를 나서는 녀석. 온몸에 문신을 한 채 반바지에 슬리퍼를 신고 팔자걸음으로 불량하게 걸어가는 그 녀석의 뒷모습을 보며 생각했다. 나중에 사람 구실 하기 힘들겠구나….

요즘엔 청소년들의 범죄 문제가 너무나도 심각하다.

학교폭력뿐만 아니라 절도나 성범죄, 심지어는 도박·마약, 살인·강도와 같은 강력범죄도 증가하고 있다. 범죄 연령도 낮아지고 있으며 지능화, 집단화되고 범죄수법도 흉포해지고 있다.

경찰관으로서 이들을 어떻게 대해야 할지 큰 걱정이다. 처벌만이 능사는 아닐 것이다. 범죄를 예방하고 청소년들이 건강한 정신을 갖도록 교육하고, 바른길로 갈 수 있도록 인도하는 것이 우리 어른들에게 주어진 커다란 과제가 아닐까? 나는 이 청소년들을 위해 어떤 일을 할 수 있을까? 우리의 미래 세대인 청소년들이 행복하고 건강하게 자랄 수 있도록 사회의 따뜻한 관심과 사랑이 우선되어야겠다.

지적장애인

경찰 생활을 하다보면 정말 다양한 사람을 만나는데 종종 장애가 있는 이들을 만나기도 한다. 그중 지적장애인에 대한 이야기를 해 볼까 한다.

너무나 안타까운 일이지만 지적장애인은 일반인에 비해 지능이 낮아 사회생활에 어려움이 있어 부모로부터 독립하지 못하고 생활하는 경우가 많다. 부모 입장에서 자녀가 아픈 것만큼 속상하고 괴로운 일이 없을 텐데 이런 장애를 가진 자녀가 있다면 생활하는 것이 얼마나 힘들지 상상하기조차 힘들다.

한번은 공원에서 남자가 흉기를 들고 다닌다는 신고를 받아 다급하게 출동을 했다. 알고 보니 20대 중반의 지적장애 남성이 엄마와 산책을 나왔다가 엄마가 잠깐 화장실에 간 사이에 혼자 장난감 칼을 가지고 놀던 상황이어서 가슴을 쓸어내린 적이 있다. 또 한번은 아들이 엄마에게 폭력을 휘두른다는 신고를 받고 나갔더니 다 큰 성인인 아들이 과자를 안 사 준다는 이유로 엄마에게 소리 지르며 떼를 쓰던 일도 있었다.

하루는 택시기사의 신고를 받고 출동했다. 손님을 태우고 목적지에 왔는데 내리지 않고 말도 하지 않는다는 신고였다. 뒷좌석에 앉아 있는 손님은 인상이 무척 험악하고 몸무게가 150kg 정도는 나가 보이는 마치 씨름선수처럼 보이는 거구의 남성이었다. 얼굴은 잔뜩 화가 나 있었으며 숨소리도 매우 거칠어 뭔가 일이 날 것 같은 심상치 않은 분위기였다.

그에게 목적지인 신림동에 다 왔다고 하차하라고 했으나 내리지 않고 계속 씩씩대고 있었다. 여경과 같이 출동했으니 혹여나 그가 물리력을 행사한다면 혼자 감당하기 힘들 거란 생각이 들어 살며시 삼단봉을 손에 쥐었다. 빨리 하차하라고 재촉하자 그는 천천히 택시에서 내렸고 밖에서 마주 선 그는 키가 190cm가 족히 넘어 더욱 거대해 보이고 위압감마저 들었다.

나는 만일의 피습에 대비해 약간의 거리를 두고 삼단봉을 바로 펼칠 수 있도록 손을 가까이 둔 채로 그를 추궁했다. 어떤 이유로 이곳까지 택시를 타고 왔는지, 택시비는 왜 지불하지 않는지…. 그가 씩씩대고 있었으므로 나도 인상을 쓰며 물었다. 그러던 중 갑자기 그가 자신의 이마를 손바닥으로 계속해서 때리며 제자리를 빙글빙글 돌며 뭐라고 중얼거리는 것이었다. 행동이 이상해서 지금 뭐 하는 거냐고 호통치자 그는 더 크게 중얼중얼하며 주변을 빙빙 돌면서 자신의 이마를 때리는 것이었다. 그 순간 이 사람이 정상이 아니라는 생각이 들었다.

나는 즉시 굳었던 인상을 풀고 부드러운 목소리로 이야기했다. 어디가 아픈지 어떻게 도와주면 좋을지 최대한 온화한 표정으로 달래 주었다. 그러자 그도 자신의 이마를 계속 때리던 이상한 행동을 멈추고 내 이야기를 듣기 시작했다. 남성의 굳은 얼굴 표정은 그대로였지만 그나마 진정이 된 거구의 그를 잘 달래서 지구대로 데려 갔다.

지구대에 데려오긴 했지만 난감했다. 집이 어딘지 물어봐도 대답이 없고 가족들의 연락처도 알지 못했으며 제대로 된 의사소통이 되지 않았다. 직원들과 한참을 고민하던 그때 역시나 지역경찰 마스터이신 박주임님이 그를 일으켜 얼굴인식 시스템에 얼굴을 대조하자 지적 장애인으로 등록되어 있는 것이었다.

등록된 휴대폰으로 전화를 하자 보호자인 어머니께서 전화를 받으시고는 아들이 없어져서 걱정하고 있었다며 안도하셨다. 그의 집은 중랑구의 한 아파트. 더운 날씨여서 그의 기분을 풀어 주고자 음료수를 사 주고는 그를 중랑구에 있는 집까지 순찰차로 태워 주었다.

아파트에 도착하여 어머니와 잠시 이야기를 하기 위해 그와 함께 집안에 들어갔고 그는 어머니에게 등짝 스매싱을 맞고는 자기 방으로 들어갔다. 중랑구에서 관악구. 서울 끝에서 끝까지 택시를 타고 이동한 이유는 어렸을 때 신림동에 살면서 복지관을 다녔는데 그곳을 가끔 그리워해서였단다. 아들이 가끔씩 이렇게 애를 먹인다며 잠시 시장을 보러 나간 사이에 이런 일이 벌어져 죄송하다는 어머니께 전혀 그러실 필요 없다고 손사래 쳤다. 그리고 아들이 착하고 순해서 데려오는 데 전혀 문제없었다고 말씀드렸다.

다음부터 이런 일이 없도록 잘 관리하겠다는 어머니의 배웅을 받으며 순찰차로 돌아오는 내내 마음이 아팠다. 덩치는 남들보다 두세 배 컸지만 6~7세 지능을 가진 아들이 어머니에게는 너무나 아픈 손가락일 것이다. 혼자서는 사회생활이 어려우므로 사는 동안 계속해서 아들을 돌보고 생계를 책임져야 할 것이다. 키우는 동안 가정에서, 학교에서, 지역사회에서 얼마나 어려움이 컸을까. 그리고 주위 시선 때문에 얼마나 마음고생이 많았을까.

지적장애인인 아들은 또 어땠을까. 어릴 적 친구들로부터 바보라고 놀림을 받아 많은 상처를 받았을 것이고 또래나 주변 사람들과 관계를 맺지 못해 늘 집에서 가족들하고만 지냈을 것이다. 또한 덩치가 커지면서 험악해지는 외모에 사람들은 그를 더욱 멀리했을 것이다. 생각만 해도 가슴이 먹먹했다.

얼마 전 지적장애인 가족 세 명이 "남은 돈으로 장례를 치러 달라."는 유서를 남기고 생을 마감한 사건이 보도되었다. 또 얼마 전에는 뇌병변 1급 중증 장애 자녀를 40년간 돌보다가 병이 든 부모가 결국 자녀를 살해하고 스스로 목숨을 끊는 비극적인 사건이 발생하기도 했다. 이 외에도 장애로 인한 삶의 무게를 버티지 못하고 극단적인 선택을 하는 일들이 잇따르고 있다. 내가 떠난 뒤 자녀가 어떻게 죽어 갈지 모르기에 같이 죽는 일을 선택한다는 것이다.

　우리 사회는 장애인이 살아가기에 만만치 않다. 겪어 보지 않고서는 그들의 아픔과 고통을 이해하기 힘들 것이다. 정부의 많은 정책이 있지만 보다 적극적으로 발굴해 지원해야 한다. 그들의 아픔을 보듬고 더 나은 삶을 살 수 있도록 모든 사회가 한마음으로 도와주면 좋겠다. 그래서 그들도 일반인처럼 즐겁고 행복하게 지낼 수 있었으면 좋겠다.

　내가 처음 그의 외모만 보고는 다른 사람에게 위협이 되거나 해를 끼칠 수 있겠다고 잘못된 판단을 했던 것이 너무 창피하고 미안했다. 나부터 장애인에 대한 편견과 차별을 없애고 보다 따뜻한 시선으로 바라봐야겠다. 그리고 다른 모든 사람들도 그들을 따뜻하게 바라봐 주었으면 좋겠다.

신림동의 저승사자

관악구는 서울에서도 치안 수요가 많기로 손꼽히는 곳이다. 그중에서도 내가 근무했던 당곡지구대는 신림동 일대를 관할하는 곳으로 수많은 사건사고가 끊이지 않았다. 관내에는 두 곳의 나이트클럽과 셀 수 없는 유흥주점들, 화려한 먹자골목과 모텔 골목, 대형 쇼핑몰과 젊은이들의 핫플레이스인 패션문화의 거리까지 음주가무를 즐길 수 있는 모든 여건이 갖춰져 있었으니 조용한 날이 있을 리가 없었다. 거리는 저녁부터 새벽, 심지어 아침까지 주취자들로 붐볐고 폭행과 시비 등으로 시끄러웠으며 당연히 112신고가 끊이지 않았다.

그중에서 적지 않은 신고 내용은 "손님이 술을 먹고 술값을 지불하지 않는다."는 것이었다. 관내에 여성 접객

원을 두거나 보도방을 통해 도우미를 고용하는 유흥주
점이 많다 보니 술에 취해 이런 곳에 방문하는 남성 손님
이 많았는데 그렇게 술에 취한 손님을 상대로 터무니없
는 술값을 요구하다 시비가 되는 경우가 바로 이런 신고
였다.

출동해서 보면 보통 한 사람 술값이 일이백만 원은 기
본이었다. 술에 취해 삐끼의 꼬임에 넘어가 주점에 들어
오면 여성 도우미가 들어오고 기분에 취해 양주를 1~2
병 마시다 보면 자신이 생각지도 못한 금액이 청구되기
마련이고 신나게 놀다가 계산을 하려고 보면 이미 바가
지요금의 피해자가 되어 있는 것이다. 이런 식으로 술값
을 청구하면 손님 입장에서는 억울해도 계산을 할 수밖
에 없었으므로 이러한 유흥업소의 바가지 씌우기는 신
림동의 나쁜 관행이 되어 있었다.

그보다 더 큰 업주들의 문제는 이러한 문제로 시비가
되어 손님이 술값을 계산하지 않는 경우 112신고를 통해

손쉽게 해결하려는 것이었다. 손님이 술값을 계산하지 않는 경우 무전취식 또는 사기죄로 처벌을 받을 수 있기 때문에 이것을 악용하여 112신고를 하고, 경찰의 출동에 당황하거나 처벌이 두려운 손님들은 울며 겨자 먹기 식으로 돈을 지불할 수밖에 없었다. 출동한 경찰관 입장에서도 손님이 술값을 지불하고 귀가하는 것이 가장 손쉬운 해결 방법이기 때문에 굳이 이것저것 확인하지 않고 술값을 계산하는 것으로 신고처리를 마치는 경우가 많았고, 상황이 이렇다 보니 손쉽게 돈을 받아 줄 수 있는 경찰을 자주 부르는 것은 업주들에게 손 안 대고 코 푸는 격이었다.

나 역시 이런 신고를 받고 몇 번 출동을 나갔다. 대부분 술값 시비였고 출동해서 사실관계를 확인하다 보면 손님들은 처벌도 두렵고 유흥업소에서 도우미를 불러 놓았다는 사실이 누군가에게 알려지는 게 창피하기도 하고 빨리 현장에서 벗어나고 싶은 마음이 크기 때문에 화가 나고 억울해도 그냥 술값을 계산하고 가곤 했다.

이런 손님들의 불편한 심리를 이용해 쉽게 돈을 벌어들이는 업주들이 내게 좋게 보일 리 없었다. 더 괘씸한 건 자신들의 편의와 이익을 위해 공권력을 이용하는 것이었다. 나는 이러한 괘씸한 업주들을 처벌하고 싶었다.

우선 식품위생법에는 유흥접객원을 두는 법이 존재하는데 유흥주점 영업자는 유흥접객원 명부를 비치·기록 및 관리의무를 준수하여야 한다. 그러나 접객원을 정상적으로 고용하여 관리하는 업주는 거의 없었다. 이미 직업안정법 위반이라는 위법을 저지르고 있는 보도방을 통해 도우미를 공급받았으므로 그 자체가 불법이었다. 이러한 신림동 악덕 업주들의 나쁜 관행을 없애려면 그에 상응하는 대가를 치르도록 해야 했다.

나는 이후로 술값 시비를 받고 출동을 하면 손님에게 돈을 받아 주는 대신 업주를 응징하기로 했다. 술값 영수증을 보여 주면서 돈을 받아내 달라고 하면 영수증에 손님이 어떻게 술을 마시고 어떤 서비스를 제공받았는지 증거가 필요하다며 손님이 놀았던 룸을 확인했다. 십 중팔구는 이미 싹 정리를 마친 상태였다. 그러면 손님이 마신 술과 안주를 확인해야 된다며 그대로 가져오게 하거나 술 보관 창고며 주방이며 막무가내로 들어가서 확인을 한다. 그러면 업주가 약간 당황하기 시작한다. 빨리 돈이나 받아 주고 나가야 장사를 할 텐데 경찰관이 돈은 안 받아 주고 여기저기 확인한답시고 업소에서 안 나가고 있으니 다른 손님이 들어왔다가도 경찰관이 있는 것을 보면 다시 나갈 것이 뻔하기 때문이다.

그리고는 증인이 필요하다며 손님과 함께 있던 도우미를 불러 달라고 요청한다. 그러면 대부분 업주는 황당하게도 연락처가 없다고 말한다. 조금 전까지 자신의 업소에서 손님을 접대하고 매상을 올려 준 사람의 이름과 연락처도 모른다니 말도 안 되는 이야기였다. 그러면 나도 슬슬 오기가 발동했다. 증거를 찾아야 한다고 다른 손님이 놀고 있는 방도 확인했다. 도우미와 신나게 놀고 있던 손님들이 당황하는 것은 당연했고 도우미 여성들 역시 마찬가지였다. 어떤 사람들은 자신들이 회사 동료라고 둘러대는 경우도 있었다. 50대 남성과 20대 여성이 스킨십을 하며 이런 유흥주점에서 회식을 하는 회사가 있을 리가 없었다. 전부 나오게 해서 사실관계를 확인하고 도우미라는 자백을 받아 접객원 명부를 확인하고 식품위생법위반으로 적발하니 업주 입에서는 한숨이 절로 나올 수밖에 없었다. 술값을 받지 않아도 되니 그냥 가 달라고 하는 업주도 있었다. 그러면 그냥 가는 것은 직무유기라며 끝까지 모든 방을 수색하고, 양주가 가짜인지 확인해야 한다며 판매하는 양주를 전부 가져오라고까지 했다.

영업을 해야 하는데 경찰관이 가 달라고 해도 가지 않고 업소를 들쑤시고 있으니 업주 입장에서는 괜히 신고했다는 후회가 절로 들 것이었다. 불법 영업을 하는 것도, 손님에게 바가지요금을 씌우는 것도, 공권력을 함부로 이용하는 것도 용서치 않겠다는 나만의 응징이었다. 이러한 신고처리 방식이 몇 차례 이어지고 관내 유흥업소 업주들 사이에서 나를 조심하라는 일종의 비상령이 내려졌다.

그래도 업주들의 행태가 금방 나아질 수는 없었다. 어차피 지구대가 4교대 근무를 하고 팀원이 15명 정도 되니까 신고했을 때 내가 출동할 확률은 5%도 채 되지 않았다. 그러다 보니 그들의 공권력 남용은 그치지 않았으나 하필 내가 신고를 받고 출동하게 되면 업주들은 버선발로 뛰어나와 일이 해결되었으니 도움이 필요 없다면서 바쁜데 그냥 가시라고 했다. 그러나 그냥 갈 내가 아니다. 앞에서 서술한 대로 업소를 쑥대밭으로 만들어 놓았으니 근무복을 입고 저승사자처럼 호기롭게 들어오는 내 얼굴만 봐도 업주의 입에서는 한숨(뒤에서는 쌍욕을 해 댔을 것이다.)이 나왔을 것이다.

나중에 경찰서로 발령을 받아 근무한 지 얼마 안 되었을 때 일이다. 한 50세쯤의 남성이 말끔하게 차려입고 경찰서로 들어오는데 경찰 선배인 줄 알고 각듯이 인사를 했다. 그러자 그가 말했다. "여기 계셨네~ 경찰관님한 테 그때 단속당해서 영업정지 먹고 지금 조사받으러 왔어요." 내가 단속한 유흥주점의 업주였던 것이다. 나는 조사 잘 받고 가라며 약간은 미안한 표정을 지어보이며 인사했다. 어쨌거나 처벌받는 업주 입장에서는 내가 원망스러웠을 테니까….

유흥업소는 성매매, 마약, 조폭, 탈세 등 많은 불법과 범죄가 연계되어 있다. 그들은 피해자의 인생이 어떻게 되든 관심도 없고 돈만 벌면 장땡이다. 유흥업소에 중독되면 금전 지출은 물론 인간관계도 파탄에 이른다. 심지어 미성년자를 이용한 성매매 등 인간으로서 입에 담기도 힘든 악행을 저지르기도 한다.

그런 불법이 완전히 사라지기는 힘들겠지만 사회 구성원의 관심과 우리 경찰의 노력이 더해져 조금이라도 더 안전하고 정상적인 사회가 되었으면 하는 바람이다.

아울러 내가 누볐던 신림동의 밤거리가 시민들에게
보다 안전하고 밝은 거리가 되었으면 좋겠다.

오토바이와의 전쟁

오토바이는 기동력이 좋고 번호판이 없는 경우 추적이 어려워 범죄에 이용되는 경우가 많다. 특히 운전자는 헬멧, 장갑 등 보호장구를 착용하기 때문에 범죄 발생 시 피의자를 특정하기가 매우 어렵다. 금은방 절도나 편의점 강도, 소매치기 등 강력범죄가 거의 오토바이를 이용한다 해도 과언이 아닌 것은 이 때문이다.

이에 경찰은 이륜차 집중단속 기간을 두기도 하고 지역관서 별로 이륜차 통고처분, 일명 딱지를 누가누가 많이 끊나 경쟁을 하기도 한다. 그래서일까, 일선에 근무하다 보면 오토바이를 단속하거나 추적하는 경우가 많다. 말 그대로 오토바이와의 전쟁이다.

지구대에 근무하며 제일 힘들고 하기 싫었던 업무가 딱지 끊는 일이었다. 우리에겐 한 건의 실적이 될 수 있겠지만 단속 당하는 입장에서 누군가에겐 하루 생활비 혹은 가족과의 한 끼 외식비가 될 수도 있기 때문이다. 바쁜 배달 업무를 하다 보면 신호위반을 할 수도 있고 목적지에 도착해서 주차를 하려면 인도주행을 할 수밖에 없을 것이고 여름에 너무 더워 안전모를 안 쓰는 것도 이해 못 할 일은 아니다. 그리고 단속을 하다 보면 누구에게나 그럴듯한 사정이 있게 마련이었다.

물론 법규를 어기고 타인에게 피해를 주거나 위해가 되는 행위에 대해서는 제재를 하는 것이 맞지만 앞서 언급한 바와 같이 배달원의 하루 일당을 범칙금으로 부과되도록 하는 것이 나로서는 상당히 힘든 일이었다.

이런 이유로 나는 딱지를 끊는 것보다는 번호판이 없는 오토바이 단속을 더 선호했다. 번호판이 없다는 것은 범죄를 저지를 목적이든 단속을 피할 목적이든 고의로

등록을 하지 않는 경우가 대부분이고 이는 자동차관리법 위반으로 명백한 위법행위이다. 번호판이 없으면 당연히 보험가입을 하지 않았을 테니 이는 자동차손해배상보장법 위반으로 역시 위법행위이다. 거기에 더해 무등록 오토바이를 단속하면 무면허 운전자가 많았고 당연히 사고가 발생하면 처벌이 두려워 도주하는 경우가 많았으니 번호판 없는 오토바이는 도로 위의 무법자로 보는 것이 당연했다.

나는 그래서 번호판이 없는 오토바이만 보면 반드시 단속을 했는데 이 일이 쉽지는 않았다. 싸이렌을 울리며 정지명령을 하면 도주하는 경우가 대부분이었기 때문이다. 신호위반, 인도주행, 불법유턴 등 온갖 불법을 저지르며 도주하는 오토바이를 순찰차로 검거하기란 쉽지 않았고 오토바이를 쫓다가 사고가 난 적도 여러 번 있었다. 경찰관으로 근무하면서 정말 화나는 순간이었다.

야간근무 때 일이다. 순찰을 하던 중 역시나 번호판이

없는 오토바이가 지그재그로 운행하며 경찰관을 조롱하듯 지나가는 것이 보였다. 나는 사이렌을 울리며 정지명령을 했으나 오토바이가 순순히 응할 리가 없었다. 너무 잡고 싶었지만 골목골목을 누비며 도주하는 오토바이를 순찰차로 도저히 잡을 수가 없었다. 다만 오토바이가 금색으로 도색되어 눈에 띄었기 때문에 관내에서 순찰하다가 언젠간 꼭 잡으리라 다짐하며 분을 삭였다.

다음날 출근길이었다. 버스에서 내려 지구대로 걸어가는 길에 한 빌라 건물에서 미성년자로 보이는 남성이 낯익은 오토바이를 끌고 나오는 것이 아닌가. 바로 전날 근무 때 나를 약 올리며 도주했던 그 오토바이였다. 주차되어 있던 오토바이를 운행하기 위해 골목길을 빠져나와 시동을 걸려는 것을 나는 자연스럽게 지켜보았다. 출근 중이라 사복 차림이었기 때문에 그는 별다른 의심 없이 오토바이에 앉아 시동을 걸었다. 단속을 하려면 몇 미터 구간이라도 운행을 해야 했기에 나는 약 5m 앞에서 전화를 받는 척하며 기다렸다가 막 출발하는 오토바이를 몸으로 막아섰다. 그리고 오토바이 열쇠를 뽑아 버리고는 운전자에게 자못 무서운 표정을 지으며 말했다. "어제 왜 도망갔어!"

그는 어리둥절한 표정으로 나에게 왜 그러시냐고 물었다. 나는 다시 말했다. "나 기억 안 나? 경찰을 그렇게 약 올리고 도망가? 안 잡힐 줄 알았지? 따라와!" 오토바이를 운행했다는 진술서를 받기 위해 임의동행 한 것이지만 거의 불법체포에 가까웠다.

지구대에 도착하여 진술서를 쓰게 한 지 얼마 되지 않아 관내에 있는 한 치킨집 사장이라는 사람이 지구대에 헐레벌떡 뛰어 들어왔다. 단속된 오토바이 운전자가 전화를 한 것이었다. 사장은 내 팔을 잡으며 이 학생은 자신의 치킨집에서 배달 일을 하는 알바생인데 집안 사정도 어렵고 당장 처벌을 받으면 갈 데도 없는 불쌍한 아이니 한 번만 봐 달라고 사정을 했다. 무등록 오토바이를 운행하며 경찰관을 조롱하고 위반을 일삼으며 위험하게 운전을 한 죄질이 결코 가볍지 않았으나 팀장님과 상의 후 다시는 그런 위험한 행동을 하지 않도록 훈계하고 돌려보냈다.

그가 쓴 진술서는 구겨서 세절기에 갈아 넣으면 되었다. 그러나 혹시나 하는 마음에 그가 쓴 진술서의 주민번호를 조회해 보았다. 그런데 이게 웬일인가. 그가 다른 사람의 주민번호를 써 놓은 것이었다. 명백한 타인의 주민번호 도용이었다. 만일 그대로 사건처리를 했다면 죄 없는 사람이 조사를 받게 되고 나로서는 징계를 받을 수도 있는 매우 엄중한 사안이었다.

나는 화가 치밀었다. 그에게 지구대로 당장 다시 오라고 전화했다. 이번에도 치킨집 사장이 같이 와서 한 번만 더 봐 달라고 사정했다. 나는 구겨진 진술서를 펼쳐 보이며 다른 사람 주민번호를 쓴 게 보이냐고, 이래도 봐줘야 되냐고 되물었다. 치킨집 사장은 입을 굳게 다물었다.

그 학생에게 다시 주민번호를 물었다. 조회해 보니 음주운전으로 면허가 취소된 상태였다. 어린 나이에 벌써부터 음주운전이라니…. 그것도 모자라 경찰을 조롱하며 곡예운전을 하고 남의 주민번호를 외우고 다니며 도용하기까지…. 마땅히 처벌이 필요한 사람이었고 나는 이번엔 봐줄 수가 없었다. 그리고는 모든 죄명을 빠짐없이 집어넣어 적발보고서를 작성했다.

또 한번은 지금 생각해도 머리에 피가 거꾸로 솟는 사건이 있었다. 야간근무 때 112신고 처리를 마치고 순찰차에 탑승하려는데 갑자기 굉음을 울리며 오토바이 6~7대가 맞은편 큰 사거리에 정차를 했다. 폭주족이었다. 모든 오토바이에 번호판은 없었다. 순찰차의 경광등이 보였으면 당연히 도주했을 폭주족이었으나 신고 처리를 하느라 순찰차 시동을 꺼 놓았으므로 주변에 경찰이 있을 것이란 생각을 못 한 것 같았다.

나는 뒤에서 전력질주로 달려가 오토바이 한 대를 잡

있다. 순간 굉음을 내며 다른 오토바이는 전부 도주하였고 나한테 잡힌 오토바이 역시 도주하려고 액셀을 있는 힘껏 당겼으나 나 역시 놓치지 않으려고 힘을 쓰자 오토바이와 운전자가 붕 뜨며 그대로 바닥에 넘어졌다. 일단 오토바이를 옮겨 놓고 운전자를 인도로 데려가 앉혔다.

경찰이 단속을 위해 잡았는데 도주하려 하다 사고가 났으니 나로서는 꽤 위험했고 그가 괘씸한 상황이었다. 그러나 그때 난 특진을 준비하고 있던 시기였다. 그렇지 않아도 도주차량 추적하다 대형 사고를 낸 지 얼마 안 된 상황에서 무리한 단속으로 사람을 다치게 했다고 하면 질책을 받을 게 뻔했다. 하필 그날은 지구대장님이 "열심히 안 해도 지금까지 한 것만으로 충분하니 사고만 치지 마라."라며 나에게 신신당부를 했던 날이었다.

나는 고민 끝에 운전자를 그냥 보내 주기로 했다. 운전자는 넘어지면서 다친 곳은 괜찮다고 했고 나는 혹시 아프면 병원에 가서 진료를 받으라며 치료비도 준다고 했다. 오토바이는 제자리에서 넘어진 거라 크게 문제 되리라 생각하지 않았다.

　그러나 역시 경찰은 봉이라고 했던가. 폭주족이었던 그는 만만한 상대가 아니었다. 다음 날 치료비 10만 원을 요구해 왔고 나는 그대로 10만 원을 입금해 주었다. 더 큰 문제는 오토바이 수리비였다. 외제 오토바이인데다 부품 수입부터 교체, 수리기간 동안 동급 오토바이 렌트 등 적지 않은 돈을 청구한 것이다. 오토바이 업자들이 수리비를 부풀리는 것을 알고는 있었지만 해도 너무한다 싶었다. 단속을 원칙대로 안 한 나의 잘못이었지만 그는 과한 요구를 하였다. 요구를 들어주지 않으면 단속 중에 사람을 다치게 하고 직무유기로 고소를 하겠다는 으름장까지 빼놓지 않았다. 적반하장이 따로 없었다.

　결국 수백만 원의 돈을 감당할 수 없었던 나는 일상생활배상책임보험을 이용하여 보상해 주었다. 지나가다가 오토바이를 실수로 넘어뜨렸다고 거짓말을 한 일종의 보험사기(공소시효는 이미 지났다.)였다. 이 글을 빌어 보험사에 미안한 마음을 전한다.

다행히 사건은 그렇게 마무리가 되었지만 이후 나는 잠을 자다가도 그 생각만 하면 화가 치밀어올라 벌떡 일어나는 일이 한참이나 지속되었다. 업무 처리를 하며 원칙을 지키지 않으면 안 된다는 사실을 다시 한 번 깨달은 사건이었다.

나 역시 오토바이를 보유한 라이더이다. 배달 업무를 하는 것도 아니고 주 이동수단도 아닌 오롯이 취미활동으로 타는 것이므로 속도를 많이 낼 필요도, 바빠서 법규를 위반할 일도 없다. 그러나 그런 나도 오토바이를 타면 유혹에 빠진다. 차가 막히면 인도로 주행하고 싶고, 사람이 없으면 횡단보도 신호도 무시하고 싶고, 멀리까지 가서 유턴하지 않고 불법유턴 하고 싶다. 경찰관이기 때문에 어쩔 수 없이 지키는 것이라는 생각이 든다. 아무래도 오토바이는 자동차를 운전할 때만큼 법규위반에 대한 인식이 덜한 것이 사실이기 때문이다.

그래서 라이더들의 마음을 이해하지 못하는 건 아니다. 이런 와중에도 횡단보도를 건널 때 배달 오토바이를 끌고 뛰어가는 배달원을 보면 경찰관으로서 참으로 고마운 마음이다. 배달 한 건 한 건이 돈이 되는 그 바쁜 상황에서도 법규를 위반하지 않고 불편함을 감수하는 걸 보면 왠지 경건한 마음이 들기도 한다.

오토바이는 우리 일상에 떼려야 뗄 수 없는 이동수단이 되었다. 커피 한 잔도 배달시켜 먹는 시대에 라이더들의 동분서주는 우리 삶의 질을 높여 주기까지 한다. 퀵서비스는 고객의 다급한 상황을 빠르게 해결해 주기도 한다. 이들이 법규를 위반하지 않고 안전하게 일하면서 지금보다 더 좋은 대우를 받았으면 하는 바람이다.

끝으로 오토바이로 인한 범죄근절과 사고예방을 위해 불철주야 '오토바이와의 전쟁'을 하고 있는 경찰 동료들의 노고에 위로를 보낸다.

음주뺑소니범 응징 사건

한참 신고사건이 많았던 주말 야간근무 때 일이다. 새벽 1시쯤 되었을까? 갑자기 무전기가 시끄러웠다. SUV 차량 한 대가 사고를 내고 도주한다는 신고였고 이를 추격하는 순찰차들의 다급한 무전이 계속 터져 나왔다. 다른 곳에 112신고 출동을 했던 나도 신속하게 신고 처리를 마치고 무전 속의 도주로를 따라 순찰차를 몰았다.

도주 중에도 여기저기서 사고를 내고 멈추지 않던 차량은 결국 인도로 돌진하여 건물에 정면충돌을 하고 나서야 멈추었다. 먼저 도착한 경찰관이 차에서 내려 도주하려는 운전자를 체포하려고 하였으나 경찰관을 폭행하며 난동을 피웠고 몇 명의 경찰관이 달라붙어서야 힘겹게 수갑을 채울 수 있었다.

범인은 수갑을 찬 상태에서도 발길질을 하고 계속해서 경찰관에게 위해를 가하려 하였으며 만취하여 음주 측정도 거부하였다. 워낙 과격하게 행동하여 순찰차 뒷좌석에 혼자 태우지 못하고 수갑을 채운 양쪽 팔을 붙잡은 채 나와 동료 경찰이 뒷좌석에 함께 탑승하여 그를 제지했다.

20대의 건장한 체격을 가진 그는 만취 상태로 운전하던 중 지나가는 행인을 치어 사망케 했다. 그리고 조치도 없이 도주하였고 도주 중에도 여러 차례 사고를 내어 몇 명의 피해자가 더 생겼을지 파악도 안 된 상황이었다. 더 큰 인명피해가 생기지 않은 것이 다행일 정도였다. 결국 차가 움직일 수 없을 정도의 사고가 나고서야 멈췄다. 그러고도 현장에서 도주하려 하였으며 경찰관에게 폭행까지 한 정말 최악의 범인이었다.

나는 우리나라의 법이 과연 이 사람의 죗값에 맞는 처벌을 해 줄지 의문이었다. 왜냐하면 우리나라는 실질적으로 사형제도 폐지 국가나 다름없기 때문이다. 정말이지 사형이 부활했으면 하고 간절히 바라며 순찰차에서도 씩씩대고 있는 그를 붙잡고 이동하며 많은 생각이 들었다. 법이 없다면 내 손으로 응징하고 싶은 마음이 간절했다.

그렇게 경찰서에 도착했을 때 일이 발생했다. 수갑을 찬 그를 차에서 끌어내렸는데 내리자마자 갑자기 나를 머리로 들이받은 것이었다. 그렇지 않아도 그를 응징하고 싶었던 내 마음에 기름을 부어 버린 그에게 나는 주먹을 날렸다. 이성을 잃은 본능적인 주먹이었다. 얼마나 세게 때렸던지 관자놀이에 주먹이 적중하는 순간 '뻑' 하는 소리가 정말로 크게 울려 퍼졌다. 정신을 못 차리는 그를 벽에 몇 차례 밀치고 멱살을 잡고 말했다. 내 얼굴 똑똑히 쳐다보라고, 지금은 제복을 입고 있어서 살려주지만 밖에서 만나면 가만히 안 두겠다고, 내 얼굴 잊지 말라고, 다시 만나면 그땐 죽여 버리겠다고….

　나의 주먹에 맞고 나서야 정신을 차렸는지 술에서 깼는지 씩씩대던 그는 잠잠해졌다. 교통사고 조사계에 인계하고 나서 돌아오는 길에 그를 인계받은 조사관에게서 전화가 왔다. 범인의 귀에서 피가 흐르는데 어떻게 된 거냐고 물었다. 나는 그 녀석이 체포되는 과정에서 경찰관을 폭행하며 난동을 피웠고 그때 제압하는 과정에서 생긴 부상일 거라고 둘러댔다. 나에게 맞으며 고막이 터진 듯했다.

　만취운전에 사망사고, 도주, 경찰관 폭행까지…. 그는 실형을 면치 못했을 것이다. 하지만 그가 저지른 잘못을 생각하면 그 어떤 처벌도 무겁지 않다. 사망한 피해자는 돌아올 수 없기 때문이다. 하루아침에 유명을 달리한 망인도 그렇지만 슬픔과 정신적인 고통에서 벗어나지 못하는 남아 있는 가족들에게는 하루하루가 지옥일 것이다. 자식을 잃은 부모, 남편을 잃은 아내, 아빠를 잃은 자녀. 그 어떤 표현으로도 그들의 아픔을, 평생 가슴의 한을 어떻게 보듬고 보상할 수 있을까?

음주운전은 그 자체도 큰 문제지만 사고가 났을 때 더욱 큰 문제가 일어난다. 사고를 낸 뒤에 조치 없이 도주하는 일명 '뺑소니'가 많다. 처벌이 무거운 음주운전 처벌만은 피하자는 심리로 도망쳐 음주측정을 피하면 음주운전이 아닌 난폭운전이나 뺑소니로 처벌이 되기 때문이다. 또한 이런 사람은 검거된 뒤에도 사고를 낸 줄 몰랐다고 발뺌하며 변호사를 대동해 빠져나갈 방도만을 모색할 것이다.

이렇듯 음주 뺑소니는 피해자에 대한 구호가 즉시 이루어지기 어렵기 때문에 인명피해를 막을 수 있는 골든타임을 놓치게 되는 안타까운 일이 종종 발생한다. 최근 한 유명 방송인의 사건 이후 음주운전에 걸리면 무조건 도주하고, 편의점으로 뛰어 들어가 소주를 마시면 된다는 이른바 '술 타기' 수법마저 판치는 실정이다. 국회에서 관련 법에 대한 논의가 이루어지는 것도 이 때문이다.

'이 정도는 괜찮겠지.', '가까운 거리니까 괜찮겠지.'라는 생각을 가진 사람들이 많다. '술을 너무 많이 마셔서 기억이 안 난다.'는 사람들도 있다. 또한 음주운전자를 단속하고 보면 2회 이상 적발된 상습범이 많다는 것도 문제다. 이런 사람들은 음주운전으로 다른 누군가 혹은 자신의 삶이 망가진 뒤에야 큰 후회를 하는 경우가 많다.

음주운전은 살인행위라는 위험성을 인식하고 '술을 입에 대면 절대 하면 안 된다.'라는 당연한 상식을 지켜야한다. 음주운전이라는 것은 나와 타인의 생명뿐 아니라 주변인의 인생까지 모두 거는 도박과 같다. 한번 운이 좋게 단속이나 사고를 피했다고 해서 이긴 것이 아니다. 필패할 수밖에 없는 도박에 나의 인생뿐 아니라 가족들의 인생, 그리고 피해자와 그의 가족들까지 걸어야 할까?

그날 범인의 고막을 터뜨린 나의 응징은 경찰관으로서 하지 말았어야 할 행동이었지만 후회하지 않는다. 그가 평생을 피해자에게 미안해하고 반성하고 속죄하는 마음으로 살길 바란다. 한순간에 유명을 달리한 피해자의 명복을 빈다.

사이좋은 남매

내가 일하던 관악구는 몇 가지 특징이 있다. 우선 1인 가구가 가장 많고 청년 거주 비율이 가장 높다. 우리나라 최고의 명문대학인 서울대학교가 위치하고 있음에도 학군이 좋지 못하다는 것도 아이러니다. 고시생들이 떠난 신림동의 값싼 고시촌에는 사회초년생이나 경제력이 좋지 못한 상경민들, 일용직 근로자와 외국인 노동자 등이 거주하고 있으며 지금은 많이 변모하였지만 봉천동 달동네, 신림동 재개발구역 등 예전의 낙후된 이미지가 관악구의 모습이다.

그중 저소득층이 거주하는 일명 '영세민아파트'라 불리는 곳이 있었는데 그곳에 거주하고 있는 한 남매의 이야기를 써 볼까 한다. 이야기를 쓰게 된 이유는 당연히

112신고 단골손님이 이 아파트에 거주하기 때문이다.

이 가정은 부모가 없는 중학생 남매가 외할머니와 함께 살며 근처에 사는 삼촌이 한 번씩 오가고 있었다. 물론 이 삼촌이란 사람은 부양자가 아닌 일정한 직업이 없는 백수였고 집에 오가는 이유란 술에 취해서 엄마와 조카들에게 술주정이나 하기 위해서였다. 더군다나 남매는 지적장애 3급으로 초등학생 정도의 지능을 갖고 있었고 서로 다투는 경우가 잦았으며 이를 혼내는 할머니에게도 대드는 등 자주 문제를 일으켰다.

상황이 이렇다 보니 이웃의 신고도 많았고 본인들이 싸우다가 직접 신고하는 경우도 적지 않았다. "오빠가 때렸다."거나 "할머니가 혼낸다.", "삼촌이 와서 무섭다."는 등의 신고들이었고 현장에 출동하면 대부분은 어르고 달래 종결하곤 했다.

하루는 "할머니 때문에 못 살겠다."는 신고를 받고 출동했다. 남매 중 오빠였던 신고자는 할머니가 치킨을 사 주지 않아 화가 나서 신고를 한 것이었고 할머니는 이런 일로 소란을 피우고 경찰까지 출동하게 한 손자의 나쁜 버릇을 고쳐 달라며 나에게 눈짓으로 신호를 보냈다. 나는 짐짓 근엄한 표정을 지으며 앞으로 또 할머니한테 그렇게 버릇없이 굴고 떼를 쓰면 경찰서에 잡아가겠다고 혼을 냈다. 아이는 할머니와 내 눈치를 번갈아 보며 긴장하는 표정으로 쭈뼛거리다 눈물을 글썽이며 방으로 들어갔다.

할머니가 잘했다고 눈인사를 보내 이에 화답하며 인사하고는 집에서 나왔다. 그리고 근처 치킨집에 갔다. 후라이드 치킨을 한 마리 사 들고 다시 아파트에 가니 언제 그랬냐는 듯 남매는 TV를 보며 놀고 있었다. "아저씨가 할머니 말씀 잘 듣고 동생이랑 사이좋게 지내라고 치킨 사 왔으니까 맛있게 먹어." 금세 표정이 밝아진 남매는 치킨을 받으며 들뜬 목소리로 할머니를 불렀다. 할머니의 감사 인사가 민망해 얼른 나오는데 아이들이 좋아하는 모습을 보며 나름 뿌듯했다.

나도 비슷한 또래의 아이를 키우는 부모이다. 형편이 특별히 좋지도 않지만 그렇다고 먹고 싶은 걸 못 먹고 살지는 않는다. 아이들이 치킨을 먹고 싶다고 하면 즉시 배달 앱을 이용하여 주문해 주곤 한다. 배부른 소리인지 모르겠지만 요즘 세상에 그 정도는 기본이지 않을까?

그런데 그 기본을 누리지 못한 채 치킨 한 마리에도 고민을 거듭하고 생활비를 걱정해야 하는 남매와 같은 가정이 있다는 것이 안타깝기만 하다. 돈이 있다고 먹고 싶은 걸 마음껏 먹고, 하고 싶은 걸 다 하지는 않을 것이다. 그러나 여건은 되지만 절제하면서 하지 않는 것과 여건이 안 되어 못 하는 것은 분명히 다르다. 자신이 진짜 가난을 알지 못하고 마치 '체험 삶의 현장'에서 하루 노동일을 했다고 해서 그들을 이해한다는 것은 어불성설이다. 정치인이나 유명인들이 이미지 관리를 위해 수해 현장에 나가 반나절 노동을 했다고 해서 피해 국민의 애타는 마음을 온전히 알 수는 없는 것이다.

가난으로 인해 기본을 누리지 못하고 삶의 질이 떨어지는 그들을 진정으로 도울 수 있는 방법이 없을까 고민해 본다. 남매의 삼촌처럼 일을 할 수 있는데 구직을 하지 않고 하루하루 아까운 시간을 허비하는 사람, 노력은 하지 않고 취직이 안 된다고 불평만 하고 있는 젊은이들을 돕자는 건 절대 아니다. 남매와 할머니처럼 경제활동이 어려운 가정, 장애나 건강상의 이유로 일을 할 수 없는 진정한 취약계층에게 도움의 손길이 필요한 것이다. 어려운 이웃과 함께할 수 있는 더불어 사는 사회가 되었으면 한다.

이후로 근무 중에 가끔 지구대 앞을 지나가는 그 남매를 만나면 편의점에 데려가 젤리나 사탕을 사 주곤 한다. 무섭게 생긴 경찰 아저씨지만 마주치면 사탕이라도 쥐어 주는 내가 싫지 않은지 언제부턴가 지구대 앞을 지나갈 때면 지구대 안에 누가 있나 유심히 보면서 간다는 이야기를 동료로부터 들을 수 있었다.

　남매가 자라서 일반인과 같이 정상적인 사회구성원으로 살아가기에 쉽지 않은 세상일 것이다. 그러나 우리 사회가 따뜻한 곳임을, 더불어 사는 이웃이 좋은 사람들임을, 사는 게 그래도 행복한 것임을 느끼며 남매가 사이좋게 살아갔으면 좋겠다.

독직폭행

앞서 서술한 바와 같이 내가 일했던 신림동에는 유흥업소가 많다. 그중에서도 안마방, 귀청소방, 유리방, 키스방 등 이름만 들어도 불법 성매매를 유추할 수 있는 퇴폐업소가 법망을 교묘하게 피하며 버젓이 영업을 하는 경우도 많았다.

신림역 주변의 귀청소방에서 신고를 받았을 때 일이다. 손님이 나가지 않고 영업을 방해한다는 신고로 출동해 보니 40대 후반 정도로 보이는 남성이 아주 험악하게 인상을 쓰며 업소 내 소파에 앉아 있었다. 신고자인 업주에게 상황을 묻자 이 남성이 손님으로 와서 서비스를 받다가 뭐가 맘에 안 들었는지 업소에서 나가지도 않고 그 자리에 계속 인상을 쓰며 앉아 있다는 것이었다.

출동을 했으니 우선 인적 사항을 확인해야 했다. 당연한 절차였고, 이런 업소에 드나드는 사람의 경우 신원에 문제가 있는 경우도 많았기 때문에 남성에게 신분증을 요구했다. 그러자 남성은 자기가 뭘 잘못했냐며 적반하장으로 신분증을 못 주겠다고 했다. 신분을 밝히기를 꺼리는 사람은 대부분 수배자였기 때문에 나는 계속해서 신분을 밝히라고 했지만 그는 "기다려라, 2박 3일만 기다리면 알려 주겠다."는 등 앉아 있는 채로 나를 약 올리듯 딴소리만 해 댔다. 화가 났지만 약 20분간이나 남성을 달래며 주민번호라도 불러 달라고 했지만 그는 끝내 신분을 밝히지 않았다. 인내심에 한계를 느낀 나는 그를 업무방해로 체포하겠다고 일으켜 세워 팔을 꺾어 수갑을 채우고 말았다.

그때서야 순순히 신분을 밝힌 남성은 수배자도 아니었고 괜히 업주와 경찰에게 심심풀이를 한, 말 그대로 진상이었던 것이다. 나는 그를 처벌하기 위해 피해자인 업주에게 피해진술서를 써 달라고 했다. 그러나 업주는 처벌을 원하지 않으니 그냥 내보내 달라고 했다. 장사를 하려면 경찰이든 진상 손님이든 빨리 나가 주는 것이 나았기 때문이다. 진상 남성 역시 처음에 험악했던 인상과는 달리 수갑을 채우니 풀이 죽은 듯한 표정으로 고개를 푹 숙이고 있는데 보기가 안쓰러워 나도 화가 누그러졌다.

크게 행패를 부리며 업무방해를 한 것도 아니고 그냥 업소 내에서 앉아 있었던 점, 피해자도 처벌을 원하지 않았던 점, 신분증 요구에 애를 먹였지만 결국 확인을 했고 수배자도 아니었던 점 등으로 볼 때 그냥 풀어 주어도 된다고 생각했고 결국 수갑을 풀어 주고 귀가시켰다. 그런데 문제는 그 다음에 발생했다. 죄도 없는 자신에게 경찰관이 수갑을 채웠다고 고소를 한 것이다.

독직폭행. 스스로 가장 좋은 경찰관이라고 자부하며 경찰관으로서 당당하게 법 집행을 하던 내가 독직폭행 피혐의자가 된 것이다. 수갑을 채웠으면 체포를 한 것이 되고, 체포를 했으면 사건을 처리하는 게 원칙인데 현장에서 바로 풀어줘도 별 문제가 없을 거라고 생각했던 나의 실책이었다. 처음 겪는 일에 당황스럽기도 했고 나 자신에게 화도 나고, 나를 고소한 그가 원망스럽기도 했다.

그 일로 스트레스를 받고 있던 내게 지구대장님이 어디를 같이 가자고 해서 따라나섰다. 평소 열심히 일하던 나를 아껴 주시던 지구대장님이 사정을 알고 도움을 주고 싶어 그와 연락을 취해 고소를 취하해 달라고 부탁을 하셨고, 그는 당사자가 직접 와서 사과하면 고소를 취하하겠다고 한 것이다. 영문을 모르고 따라나선 내게 지구대장님은 "성질이 나도 한 번만 눈 딱 감고 사과하고 끝내자."라고 하셨다.

별로 내키지는 않았지만 지구대장님이 나를 생각해서 만든 기회였다. 그와 만나서 그때 수갑 채운 건 미안했다고 얘기했다. 물론 미안한 표정까지 지어지지는 않았다. 그는 사과에 진정성이 느껴지지 않는다며 신분증을 보려면 2박 3일을 기다리라고 했던 그때처럼 나를 조롱

했다. 상황을 지켜보던 지구대장님은 괜히 온 것 같다며 나를 이끌고 지구대로 복귀했다. 지구대장님은 내게 미안하다고 하셨지만, 나는 오히려 나를 위해 자존심을 구기면서까지 그 진상과 만남을 주선해 주신 지구대장님께 미안했다.

이후로 경찰서에 피혐의자로 출석하여 몇 차례 조사를 받았고 다행히 무혐의로 마무리되었지만 그때의 수모와 자존심의 상처는 잊을 수가 없다. 신고 현장에서 경찰관의 판단이 얼마나 중요한지, 정당한 절차와 원칙에 입각한 법 집행이 얼마나 필요한지 깨달은 경험이었다.

이번에는 독직폭행에 관한 이야기는 아니지만 나의 교통위반 단속으로 인해 법정까지 가게 된 사건을 이야기해 볼까 한다.

때는 금요일 저녁, 8시가 넘은 시간이었다. 사람들로 붐비는 신림동 유흥가의 한 일방통행 도로, 인도와 차도의 구분이 없어 사고위험이 있는 장소였다. 그곳에서 한 주상복합 건물 지하주차장에서 나와 일방통행로를 역주행하는 외제 승용차를 발견했다. 즉시 차량을 세워 교통법규 위반 사실에 대해 고지하고 면허증을 요구했다. 운전자는 30대의 젊은 여성으로 그 건물에 사는 한 학생에게 영어 과외를 해 주는 과외선생님인데 이곳 지리를 잘 몰라 역주행을 했다며 봐 달라고 했다.

그러나 초행길도 아니고 과외를 하며 매번 드나들었을 일방통행로를 몰랐다는 것이 믿기지 않았고 역주행으로 인한 사고위험과 차량 통행 불편 등 위반 내용에 대해 단속을 하는 것이 합당하다고 생각했다. 그러나 명백한 위반에도 변명을 늘어놓던 여성 운전자는 내가 봐줄 기미가 보이지 않자 급기야 삿대질을 하며 한참 동안 출발하지 않고 나에게 막말을 해 댔다. 나는 여성의 막말을 말없이 들으며 교통위반(통행의 금지 및 제한위반) 스티커를 끊었다. 하필 재수 없게 경찰관에게 단속되어 범칙금 4만 원이 부과되니 화가 나는 당사자의 마음을 이해 못 하는 것도 아니었고 나로서도 그런 교통단속이 가장 하기 싫고 어려운 업무였다.

그렇게 그 일이 마무리되나 싶었지만 역시나 불길한 예상은 빗나가지 않았다. 그 여성은 단속에 불만을 느껴 범칙금을 납부하지 않았고 끝내 즉결심판이 청구되었다. 즉결심판이 청구되면 단속 경찰관이 증인으로 출석해야 하므로 법원에서 출석요구서가 날아왔다. 증인으로 법원에 간다는 것도 부담되었고 무엇보다 정당하게 업무를 했음에도 나의 귀중한 시간을 빼앗긴다는 것이 억울했다.

태어나서 처음으로 법정에 들어서 한쪽 구석에 앉아 있는데 피고인이 아닌 증인으로 왔음에도 왠지 가슴이 콩닥거렸다. 일반인들이 경찰서에 와도 이런 심정이겠구나 하는 생각이 들어 경찰서를 찾아오는 민원인이나 시민들을 대하는데 더욱 세심하게 신경을 써야겠다고 생각했다.

조금 있으니 나에게 단속되었던 여성이 들어와 자리에 앉았다. 내 얼굴을 본 듯하였으나 그녀는 차갑게 외면했다. 나처럼 법원까지 오면서 시간을 낭비한 데 대한 짜증에 더해 그날 단속에 대한 불만까지 이만저만이 아니었음이 표정에서 그대로 드러났다.

판사가 들어와 여러 사정을 가진 피고인들의 즉결심판이 순차적으로 진행되었고 드디어 여성의 차례가 되었다. 판사는 여성에게 먼저 당일의 상황에 대한 변명의 기회를 주었다. 여성은 당일 자신이 일방통행로를 인지하지 못해 길을 잘못 들은 것이며 사정을 봐주지 않고 단속한 경찰관이 융통성이 없었다고 조목조목 설명했다. 나 역시 증인으로서 당일의 상황을 설명하기 위해 심적 대비를 하고 있었으나 말할 기회는 없었다. 판사의 판결이 일언지하로 끝났기 때문이다.

"그럼 위반에 대해서는 인정하나요?" 판사의 질문에 여성은 잠시 머뭇거리다가 "네."라고 대답했다. "그럼 벌금 10만 원 선고합니다." 여성의 장황한 설명과는 대비되게 판사의 판결은 그렇게 시시하게 끝이 났고 여성은 상기된 표정으로 빠르게 법정을 빠져나갔다.

일선 업무 중 가장 힘들었던 일이 바로 교통 위반을 단속하는 일이었다. 급한 일이 있어서, 길을 잘못 들어서, 신호를 못 봐서 등 사정이 없는 사람이 없었다. 단속당하는 사람은 당연히 기분이 좋을 리 없고 단속을 하는 사람도 마찬가지다. 그래서 단속을 당한 이후 나에게 융통성이 없다며 막말을 해 대던 여성의 심정을 이해 못 하는 것은 아니다. 그러나 경찰관의 정당한 법 집행에 크게 항의하던 모습과 다르게 법정에서 판사의 한마디에는 아무런 대꾸 없이 돌아서던 그 모습에 경찰관으로서 자괴감이 들기도 했다.

경찰관을 '거리의 판사'라고 부르기도 한다. 범죄와 사고로부터 국민을 지키는 책무를 수행하는 현장에서 범인에게 물리력을 행사하고 범칙금을 부과하는 등 법 집행을 하기 때문이다. 따라서 경찰관에게는 고도의 윤리성과 합리성이 요구되며 현장에서의 판단은 그 어느 판사의 판결문 못지않게 신중해야 한다. 엄정하게 법을 집행하면서도 따뜻하고 인권을 존중하는, 국민에게 신뢰와 사랑을 받을 수 있는 믿음직한 '민중의 지팡이'가 되어야 한다.

경찰 서비스 헌장의 내용처럼 국민의 생명과 재산을 보호하고, 법과 질서를 수호하고, 모든 국민이 안전하고 평온한 삶을 누릴 수 있도록 성실히 직무를 수행하는 경찰. 사명감을 갖고 국민이 필요하다고 하면 어디든지 달려가 도와줄 수 있는 믿음직한 경찰. 그리고 그런 경찰을 신뢰하고 존중해 주는 따뜻한 국민. 대한민국의 경찰관으로서 바라는 우리 사회의 모습이다.

경호교육

　나의 경찰 입직은 101경비단이라는 곳이다. 먼저 101경비단에 대해 설명하자면 대통령실의 경비와 경호를 담당하는 경찰부대로 일반 순경과는 별도로 선발한다. 중요 임무를 수행하기 때문에 근무 강도가 강하기로 유명하며 특히 경찰 내에서도 기수 문화를 철저하게 따지는 조직이다. 그러다 보니 군대 이상의 엄격한 규율과 통제가 따르는 최정예 경찰 조직이라 하겠다.

　멋진 근무복을 입고 청와대에서 대통령의 안전을 책임지는 막중한 임무를 수행한다는 자긍심. 특진의 기회와 다양한 복지 혜택 등 청와대 입성은 경찰을 준비하는 수험생들에게는 최고의 성취이자 가문의 영광이었다. 101경비단에 근무하려면 경찰시험에 합격했다 하더라도 '경호교육'이라는 군 특수부대 수준의 훈련을 통해 최종 선발되므로 치열한 경쟁을 거쳐야 한다. 101경비단에 전입하고자 하는 교육생들의 욕구가 매우 강했고 그들 중에서도 가장 좋은 자원을 선발해야 하는 교관단의 의지와 맞물려 경호교육은 설명이 필요 없을 정도로 고되게 진행이 되었다. 이번엔 그 경호교육에 대한 이야기다.

앞서 서술한 바와 같이 경호교육은 모든 훈련 중 가장 짜증 나고 힘들다는 제식훈련과 고된 체력훈련 위주로 이루어져 있다. 힘든 101경비단의 근무를 버텨 내려면 체력과 정신력이 뒷받침되어야 한다는 나름의 교육관이었으며 당연히 이러한 교육에 적합한 철저한 국가관과 강인한 체력, 거기에 더해 카리스마 있는 외모를 가진 엄선된 교관단을 선발한다. 그렇게 해서 직접 훈련을 시키는 교관 4명과 관리자, 행정요원 등으로 이루어진 경호교육 교관단은 충주 중앙경찰학교를 접수한다. 나는 거기서 교관단을 이끄는 훈련계장이라는 직책을 수행했다.

때는 2021년 여름. 무더위가 유난히 심했던 해였다. 또한 코로나19 바이러스가 기승을 부리던 때이기도 했다. 전 국민이 무더위에도 마스크를 쓰는 것이 의무였던 때이고 코로나19에 감염이라도 되면 본인은 물론 접촉자까지도 모두 격리되는 무척 엄중한 시기였다. 경호교육이 시작되던 시기는 무더위와 코로나19가 최고조에 달하던 시기였다.

교육이 시작되자마자 교관단은 어려움에 직면했다. 중앙경찰학교에서 실습을 나갔다가 막 복귀한 교육생들에게 '코호트격리(감염병 확산을 막기 위한 집단 격리)' 지침이 내려진 것이다. 잠복기인 일주일 동안 생활관에서 나오지 못하고 그 안에서만 먹고 자고 생활했다. 경찰학교에 있는 다른 기수의 교육생들에게 코로나19가 전염되는 것을 예방하려는 의도였는데 이는 경호교육을 진행해야 하는 교관단에게는 상당한 차질이었다.

우선 교육생들의 기강을 잡고 기선을 제압하기 위해

첫날 상당히 힘든 체력훈련을 진행하던 전통이 있었는데 코호트격리로 인해 교육을 시작조차 하지 못했다. 경호교육의 사악함을 선배들을 통해 이미 알고 있던 교육생들은 나름의 정신무장으로 경찰학교에 복귀했지만 일주일 간 생활실 내에서 대기를 하며 의지와 사기가 점점 꺾였다. 물론 부모님께 편지 쓰기, 동기 이름 외우기, 경호가 부르기 등 실내에서 할 수 있는 각종 프로그램을 만들어 해 보았으나 교육생들 입장에서는 의미 없는 시간이었을 것이다.

일주일간 감옥에 갇혀 있는 것과 다름없는 시간이 지나고 첫 야외 교육, 우리는 16시에 운동장에 집합하도록 했다. 교육생들도 반기는 분위기였다. 답답한 코호트격리에서 벗어나 야외에서 드디어 기다리던 경호교육을 하게 되었으니 설렘 반, 두려움 반이었을 것이다.

그날의 온도계는 34도를 나타내고 있었다. 폭염경보. 야외훈련을 해서는 안 되는 날씨였다. 그러나 우리는 예

정대로 훈련을 강행했다. 날씨가 덥다고, 아니면 춥다고 훈련을 안 하는 건 모진 더위와 추위에도 근엄하게 근무하는, 대통령의 안위를 지키는 101경비단과 어울리지 않는 것이었다.

첫 훈련에 기분이 들뜬 교육생들은 16시 집결이라는 지시에도 불구하고 30분 전에 미리 운동장에 도열하여 부동자세로 대기했다. 경호교육에 대한 마음가짐을 볼 수 있어 나름 흐뭇했다. 그러나 교육을 시작하기도 전에 한두 명이 자리에서 쓰러졌다. 무더위에 어지러움을 느껴 자리에 주저앉은 것이다. 즉시 쓰러진 교육생을 그늘로 이동시켜 물을 주며 안정을 시켰고 어수선한 분위기 속에 16시가 되어 교육이 시작되었다.

교육은 처음부터 끝까지 체력훈련이었다. 군에서의 얼차려와 다름없는 PT 체조와 선착순 달리기, 팔굽혀펴기, 앉았다 일어나기 등 고강도 훈련이 계속되었고 운동장에서 쓰러지는 교육생이 속출했다. 원래 경호교육이 힘들기로 유명해서 매 기수마다 훈련을 받으며 체력의 한계에 부딪혀 쓰러지는 교육생이 여럿 있었으며 심지어 매 기수 2~3명씩은 응급실에 데려간 경험이 있었기 때문에 별일 아니라고 생각했다. 그러나 시간이 지날수록 운동장 곳곳에서 쓰러지는 교육생이 속출했다. 쓰러진 교육생들을 그늘로 데려가 안정을 취한 뒤 회복되면 훈련에 복귀하기를 여러 번. 20~30명이 이런 상황을 반복하였고 이상하다고 생각했지만 '이번 기수가 체력이 약한 건가?'라는 의심을 가졌을 뿐 교육을 중지시키지는 않았다. 무더위에도 최선을 다하는 교관들의 열정에 찬물을 끼얹고 싶지 않았고 첫 훈련을 마쳤을 때 교육생들의 성취감과 사기도 생각했다. 그리고 101경비단이라면 이 정도 훈련은 견뎌야 한다는 생각도 함께했다.

한 시간이 넘는 첫 훈련이 막바지에 이르렀고 저녁 식사를 위해 식당으로 이동하기 전 마지막 구보를 남겨 두고 있었다. 나는 구보를 못 할 것 같은 교육생은 열외를 하라고 했다. 10여 명의 교육생이 뒤로 빠졌다. 탐탁지 않았지만 더운 날씨에 워낙 힘든 훈련을 하였고 얼굴은 곧 쓰러질 듯 하얗게 질린 표정들을 보니 열외를 시키는 게 맞는 것 같아 따로 식당으로 이동시켰다.

열외 인원을 제외한 나머지 교육생과 교관단이 함께 경찰학교 내곽을 크게 돌았다. 구보 코스는 약 2km. 거리는 길지 않았지만 오르막이 있는 게 변수였다. 나는 대열 후미에 뛰며 중간에 낙오하는 교육생이 생기면 열외 시켜 식당으로 걸어서 이동하도록 했다. 그렇게 또 몇 명의 교육생을 열외시키고 목적지까지 얼마 남지 않은 상황, 내리막에서 한 교육생이 실신해서 쓰러졌다. 다른 교육생 두 명에게 부축하게 한 뒤 가까운 건물에 가서 찬물을 떠 와서 먹이려고 하였으나 이미 실신한 교육생은 입을 앙다물고 열지 않았다. 사태의 심각성을 느낀 나는 쓰러진 교육생의 입을 벌리려 안간힘을 썼으나 소용없었다.

119에 신고하고 영상전화를 하며 응급처치를 했다. 복장을 풀어헤치고 온몸을 주무르며 뺨을 때려 봤지만 교육생은 여전히 의식이 없었다. 구급차가 오기까지 20여 분의 시간이 몇 년처럼 길게 느껴졌다. 구급대원들은 즉시 교육생을 충주 건대병원으로 이송했다. 그러나 신속한 치료를 하지 못했다. 하필 그때가 코로나19로 응급실 대란이 일어나던 때인 것이다. 입원을 위해 코로나19 검사가 선행되어야 했고 당시 응급실은 환자들로 가득했다. 급하지 않은 환자가 없었다. 종합병원 응급실은 말 그대로 아비규환이었고 이대로면 골든타임을 놓쳐 버릴 것만 같았다.

내가 교육생을 깨우려 사투를 벌이던 사이 공교롭게도 두 명의 교육생이 더 쓰러져 각각 사투를 벌이고 있었다. 교관단의 총 책임자인 권과장님이 한 교육생을, 행정담당이 다른 한 교육생을 응급처치 하였으나 마찬가지로 상태가 좋지 않아 구급차를 부른 것이다. 그러나 충주에 있는 종합병원에서는 코로나19 대란으로 응급환자를 받을 수 없다고 하여 구급대원은 응급입원 가능

한 병원을 수소문하며 도로 위에서 시간을 허비하고 있었으며 충주 상황이 여의치 않아 한 명은 대전으로 가다가 결국 거기서도 환자를 받을 수 없다고 하여 중간에 돌아오기까지 했다. 불행 중 다행히 충주 건대병원에 먼저 데려간 교육생의 상태를 확인한 의사가 사태의 심각성을 느끼고 오도 가도 못하던 교육생들을 빨리 이쪽으로 입원시키라고 하여 3명의 교육생이 전부 건대병원에 입원하게 되었다.

교육생의 상태가 좋지 않았지만 앞서 서술한 바와 같이 매 기수 2~3명씩은 교육 도중 쓰러져 응급실 신세를 졌던 경험이 있었기 때문에 그때까지만 해도 '병원에 입원했으니 링거 맞고 금방 깨어나겠지.'라며 안심을 했던 것 같다. 과장님과 교육생들이 언제 깨어날지, 앞으로 교육을 어떻게 진행할지 등에 대해 얘기를 하던 중 담당 의사가 갑자기 우리를 호출했다. "환자가 위중합니다. 가족에게 빨리 연락하세요. 금방 심정지가 올 수 있습니다." 머리가 하얘졌다.

열사병. 그때까지는 어떤 병인지 관심도 없었으나 검색을 해 보니 젊은 사람도 죽을 수 있는 병이었다. 사고가 나기 바로 5일 전 군대에서 행군을 하던 병사가 열사병으로 숨졌다는 기사를 확인하고 나서야 의사의 말이 과장이 아니라는 것을 깨달았다.

교육생들은 중환자실로 옮겨졌고 시간은 저녁 9시가 되어 가고 있었다. 쓰러진 교육생 3명의 부모님 연락처를 확인하여 전화를 걸었다. 상황을 설명하고 충주 건대병원으로 오시라고 이야기를 하는데 경찰학교에 교육받으러 간 건강했던 아들이 일주일 만에 중환자실에 있다는 이야기를 듣고 당황하지 않는 부모가 있을 리 없었다. 청천벽력 같은 사고 소식에 오열하며 무너져 내리는 가족의 모습이 전화기를 통해서도 생생하게 느껴졌고 이 소식을 전하는데 무척이나 힘들었다.

혼비백산하여 서울, 포천, 광주에서 충주까지 한달음에 달려온 교육생의 가족들은 병원에 기다리고 있던 나와 과장님에게 멱살이라도 잡을 기세로 달려들었다. 가족들의 분노와 슬픔, 원망과 설움은 말할 필요도 없었다. 우리를 거세게 몰아세우며 항의하는 가족. 내 아들 살려 내라며 오열하는 현장은 너무나 처참했다. 우리가 할 수 있는 건 죄인처럼 고개를 숙이고 있는 것 말고는 아무것도 없었다.

담당 의사가 와서 말했다. "가족들은 멀리 가지 마시고 10분 내에 올 수 있는 곳에 계세요. 언제 어떻게 될지 모릅니다." 가족들은 다시 한 번 무너져 내렸다. 경호교육을 잘 마치고 청와대에 들어가겠다던 자랑스러운 아들이 일주일 만에 의식을 잃고 중환자실에 누워 있는 이 상황은 가족들 입장에서 기가 막힐 노릇이었다.

다음날 TV에서는 '경찰학교, 훈련 중 교육생 3명 쓰러져 중태'라는 기사가 메인 뉴스를 장식했고 모든 방송사에서 우리 사고를 연일 보도했다. 이에 대한 지휘부의 질타는 말할 것도 없었고 모든 교육이 중지되고 강도 높은 감찰 조사가 진행되었으며 비난 여론은 봇물 터지듯 쏟아졌다. 그러나 그런 것들이 문제가 아니었다. 사람이 살아야 했다.

당시는 코로나19 상황으로 면회도 할 수 없었고 의료 상황이 매우 긴박했기에 하루 한 번 담당 의사가 환자의 상태를 이야기해 주는 것 외에는 중환자실 문만 바라보고 있는 수밖에 없었다. 아들이, 동생이 죽어 가는데 잠이 오거나 밥이 넘어갈 가족들은 없었다. 하루하루 기도하는 마음으로 중환자실 앞에서 대기하며 제대로 먹지도, 잠을 자지도 못하면서 가족들과 일주일을 버텼다. 중환자실 앞에 있던 일주일이 나에게는 10년처럼 느껴졌다.(정말 일주일 사이에 내 모습이 10년은 늙어 버렸다.)

의사와 간호사 외에 유일하게 그곳을 드나들 수 있는 사람은 청소하는 아주머니뿐이었으니 이분들이야말로 우리에겐 한 줄기 희망이었다. 중환자실 앞에서 몇 날 며칠을 지키고 있는 우리를 보고 안쓰러웠는지 아주머니는 청소를 할 때마다 교육생들의 상태를 확인하고는 우리에게 상세히 전해 주었다. 맥박이 나아졌다든가 신장 수치가 조금 올라왔다든가 소변이 조금 나왔다던가 하는 긍정적인 이야기를 해 주시던 아주머니들은 그곳에서의 연륜이 있어 반은 의사였던 것이다.

그렇게 하루하루 간절한 마음으로 기다리던 우리의 기도가 통했는지 두 명의 교육생이 의식을 되찾았다. 한 명은 금방 상태가 호전되어 경찰학교로 복귀했고 다른 한 명은 의료여건이 좋고 가족들의 간병이 수월한 서울 건대병원으로 전원(치료받던 병원을 옮김.)하였다. 하지만 여전히 깨어나지 못하는 한 명이 문제였다. 사고 직후 응급실을 찾지 못해 구급차 안에서 많은 시간을 지체했던 교육생은 상태가 좀처럼 호전되지 않았다. 가족들은 상급병원으로의 전원을 요구하였으나 당시 코로나19 팬데믹 상황에서 소위 어떤 빽으로도 전원이 힘들었다.

경찰 지휘부의 각고의 노력 끝에 마지막 교육생을 서

울대병원 중환자실로 이송한 후 약 2주 만에 집에 갔을 때 내 모습은 정말이지 10년은 늙어 있었다. 여름이라 얼굴은 검게 탄 데다 제대로 먹지도, 자지도 못했고 병원에 있는 동안 옷을 갈아입지도, 면도도 못 했으며 까맣던 머리카락이 3분의 1은 백발로 바뀌어 왔으니 이 모습을 본 아내는 얼마나 눈물이 났을까. 그러나 이미 언론을 통해 상황을 알고 있는 아내는 내가 힘들까 봐 "여보 고생 많았지. 잘될 거야."라며 찌든 내 나는 나를 안아 주었다. 가까스로 눈물을 참았다.

결국 마지막 교육생은 중환자실에 입원한 지 약 한 달 만에 깨어났고 다행히 큰 후유증 없이 경찰 생활을 시작할 수 있었다. 청와대에 갈 수 있는 상황이 되지 않았기 때문에 집에서 가까운 경찰서로 발령이 나도록 도왔으며 잘 적응할 수 있도록 근무지에 찾아가 격려하고 함께 일하는 직원들에게 세심하게 챙겨 달라고 당부했다. 이후로 몇 년이 지난 지금까지도 3명의 교육생과는 서로 연락하며 안부를 묻는 관계로 이어지고 있다.

교육생들이 중환자실에 있을 때는 제발 사람만 살게 해 달라고 얼마나 기도했는지 모른다. 혹여나 잘못되었으면 경찰 제복을 벗을 수도, 형사처벌로 실형을 살 수도 있었다. 외벌이였기 때문에 내가 잘못되면 가족들은 어떻게 살지 걱정도 되었고 경찰을 그만두게 되면 어떤 일을 해야 할지 고민도 했었다. 교육생의 가족들에게는 평생 씻을 수 없는 죄인으로, 철천지원수로 남을 것이었다. 다행히 교육생의 의지와 가족들의 간절한 마음, 여러 사람들의 기도 덕분에 모두가 이상 없이 제자리로 돌아올 수 있었다.

열사병. 겪어 보기 전까지는 어떤 병인지 관심도 없었고, 사람이 죽을 수 있는 무서운 병인지도 몰랐다. 그러나 겪고 나서 보니 여름이면 뉴스에 적지 않게 나오는 열사병 사망사고 이야기에 가슴을 쓸어내리고는 한다.

나중에 안 사실이지만 경호교육 첫날 그렇게 많은 교육생들이 쓰러졌던 이유 중 하나는 코로나19로 인한 코호트격리로 일주일간 햇빛을 못 보다가 갑작스럽게 야외훈련을 하여 신체가 적응할 수 없었던 것이다. 실내에서 에어컨을 쐬며 일주일을 쉬었으니 오히려 체력을 충전했다고 생각했던 나의 무지였다. 게다가 당일 체감온도가 너무나 높았고 마스크 착용으로 인해 호흡과 열 배출이 어려웠던 점 등 여러 가지 악조건이 있었다. 결정적으로 열사병의 무서움을 몰랐던 나의 실수였고 코로나19 팬데믹으로 인해 신속한 응급입원이 안 되었던 점까지도 모든 게 엉망이었다. 교육생들의 극적인 회복으로 최악의 상황을 모면했지만 내 경찰 생활에 결정적인 오점으로 남아 있다.

이 일을 계기로 경찰의 모든 교육훈련 지침은 보수적으로 바뀌었다. 폭염주의보 시 야외훈련을 제한, 폭염경보 시에는 야외훈련을 금지하는 등 명확한 가이드라인이 설정되었고 비상 응급체계 가동, 인근 의료시설과의 핫라인 설치, 신속한 보고체계 등 사고 예방을 위한 보다 체계적인 시스템이 구축된 것이다.

나에게는 살면서 가장 힘들었던 때가 아닌가 싶다. 사람 목숨이 위태로운 이 상황보다 큰일이 어디 있을까. 하물며 내 아들이 생사를 오가던 그 순간 부모님들의 마음은 또 오죽했을까? 내 자식이 위중했던 그 순간에도 중환자실 앞에서 함께 자리를 지키며 오히려 교관님들도 가서 식사 좀 하시라며 위로해 주던 부모님들의 모습을 잊을 수가 없다. 자신들이 몇 배는 더 힘들었을 텐데 옆에서 죄인처럼 앉아 있던 우리가 안쓰러워 커피도 사다 주고 밥을 먹고 오라며 등을 떠밀던 한 교육생의 어머니와는 지금도 친어머니인 양 연락을 주고받는다.

가족애가 유난히 깊었던 포천에 사는 교육생의 집에 일 년에 한 번씩 놀러간다. 집에서 대추 농사를 하는데 수확할 때가 되면 일손을 돕는다는 핑계로 찾아뵙는다. 농사일을 할 줄도 모르는 내가 얼마나 도움이 될까. 오히려 가는 것이 민폐겠지만 그럼에도 불구하고 얼굴 한 번 뵙고 마당에서 고기를 구우며 함께 웃고 떠들고 오는 것이다.

이 글을 빌어 다시 한 번 생사를 오가는 위중한 상황에도 서로 의지하고 간절히 기도하며 중환자실 앞에서 슬픔과 고통을 함께 나눴던 교육생의 부모님과 가족들에게 미안함과 깊은 감사를 전한다.

중환자실에 있던 한 교육생이 깨어났을 때 나는 그의 어머님과 부둥켜안고 기쁨의 눈물을 흘렸다.

조회의 달인

나의 초임지는 101경비단이었기 때문에 실질적인 경찰 업무를 시작한 것은 101경비단 임무를 마치고 일선 현장으로 발령받은 이태원파출소이다. 그곳에서 첫 조장으로 하부장을 만났고 하부장과 함께하는 3개월간 일을 배우기는커녕 못된 것만 배운 터였다. 앞서 '하부장' 편에서 서술한 바와 같이 하부장은 경찰 업무에 적합한 사람이 아니었기 때문이다. 그럼에도 불구하고 하부장은 승진 시험에 당당히 합격하여 다른 곳으로 떠났고, 팀장님은 하부장이 전출하자마자 나를 불러 이야기했다.

"그동안 고생 많이 했다. 하부장 비위 맞추느라 얼마나 고생했냐. 미안하지만 하부장이랑 아무도 안 타려고 해서 어쩔 수 없었다. 대신 이번에 베테랑 순경을 조원으로 붙여 줄 테니 일도 많이 배우고 열심히 해 봐!"

새로 나와 파트너가 된 후배는 박순경이었다. 비록 승진 운이 따르지 않아 5년째 순경이었지만 반대로 말하면 승진 욕심 없이 대부분의 경력을 지역 경찰에 투신한 베테랑 5년 차 순경이었다. 나는 박순경에게 "네가 조장이고 내가 조원이다."라고 선포하며 열심히 일을 배웠다. 그동안 하부장의 조원으로 순찰차를 타며 주도적으로 일을 할 수 없었던 답답함을 한순간에 떨쳐 버린 시기였다. 그중에 처음 배운 건 차량을 조회하는 일이었다.

순찰을 나갈 때 우리는 업무용 휴대폰을 지급받는다. 이를 조회기라고 부르는데 이 조회기로 신원조회, 차적조회 등의 업무를 매우 유용하게 할 수 있다. 그러나 하부장은 조회기를 나에게 쓸 기회를 주지 않았고 개인 전화 용도로 사용했기 때문에 나는 당시까지 아이디조차 없었다. 나는 당장 아이디를 만들어 조회기를 로그인했다. 차량번호를 입력하자 차주의 인적사항과 면허상태,

수배여부 등이 즉시 조회되었다. 나에게는 신세계였다.

이태원파출소는 신고사건이 아주 많은 곳인데 대부분의 신고가 야간에 몰려있다. 다른 곳들도 주로 야간에 신고가 많기는 하지만 이태원의 경우 더욱 극명하게 야간에 신고가 몰리는 곳이었다. 따라서 야간에는 112신고 처리를 하느라 바쁘지만 주간에는 비교적 여유가 있었다. 나는 늘 조회기를 휴대하며 지나가는 차량이나 주차 되어 있는 차량을 수시로 조회했다. 박순경에게 처음 배운 것이 조회였고 당시 내가 유일하게 잘할 수 있는 것이 조회였다.

그렇게 출근하면 퇴근하기 전까지 조회기를 놓지 않았으니 수시로 무면허운전자나 수배자가 조회되어 검거하기 시작했다. 순찰차를 타면 지나가는 차량 번호판을 계속 두드리는 것이 버릇이 되었고 꿈속에서도 차량 번호판의 4자리 숫자가 아른거릴 정도로 조회를 멈추지 않았다. 파출소에서 교대하고 순찰을 나가면 30분 안에 수배자를 체포해 들어오니 사람들은 나에게 조회의 달인이라고 불렀다. 나도 내가 특별히 조회를 잘하는 줄 알았지만 나중에 보니 그만큼 조회를 많이 한 것이었다.

지금은 무면허나 음주운전을 적발하면 적발보고서 작성 후 집으로 귀가시키지만 그때는 현행범체포를 했다. 특히 이태원에는 외국인이 많았기 때문에 귀가시키면 나중에 신원 특정이 어렵고 조사받으러 오지 않는 경우가 많아 반드시 현행범체포를 해서 경찰서에 인계했다. 순찰을 나가면 지나가는 차들을 조회하고 소유주가 수배자나 무면허운전자로 확인되면 체포해서 파출소로 데려왔다. 체포 서류를 만들어 경찰서에 인계하러 다녀오는 시간을 합치면 한 시간 이상이 걸리는 데다 112신고 처리도 하고 중요시설 순찰 등의 업무까지 해야 함에도 불구하고 하루에 5~6명씩은 검거하여 경찰서에 인계했으니 아마도 출근해서 퇴근할 때까지 한순간도 쉬지 않고 바쁘게 일한 것 같다.

나중에 실적을 강조하던 파출소장님이 부임하고 각 팀별, 개인별 검거실적을 그래프로 나타내어 근무교대 시간에 교양하며 실적이 낮은 팀과 개인을 질책했는데 이때 그래프의 수치를 보면 다른 팀 십여 명의 검거실적 보다 내 개인의 검거실적이 더 많을 정도였다. 여기서 나는 '조회의 달인'이라는 칭호를 얻은 뒤 서울경찰청으로 부서를 옮겼다.

시간이 흐른 뒤 나는 관악경찰서 당곡지구대에 근무하게 되었다. 당곡지구대는 신림동 유흥가 일대를 관할하며 수많은 사건사고가 끊이지 않는 곳으로 이미 소개한 바 있다. 내근부서에 근무하다가 지구대로 발령을 받았기 때문에 내가 가장 잘할 수 있는 조회기부터 들었다. 그러나 이태원파출소에서 근무할 때만큼 조회를 통해 수배자나 범법자를 검거하는 것이 쉽지 않았다.

그때는 순찰근무를 하는 경찰관들이 차적조회를 통해 소유주의 면허상태나 수배여부를 적발한다는 사실을 일반 시민들도 인식하고 있었던 것이었다. 하물며 수배자들이나 면허취소자 등 범죄를 저지른 사람이라면 이를 더욱 분명하게 인식하고 있을 것이 자명하다. 그런 사람들이 자신의 명의로 된 차량을 운행할 리는 거의 없었다.

요즘은 리스나 렌트를 통해 차량을 빌려 타는 경우가 많아 차적조회를 통해 범죄자를 찾아내기란 여간해서 쉽지 않다. 소유주가 개인이 아닌 금융회사나 기업명으로 나오기 때문이다. 그래서 나는 업무 방법을 달리했다. 조회 대신에 적극적인 검문을 함으로써 수배나 음주, 무면허를 검거했다. 신호위반을 하거나 중앙선침범 등 교통위반을 하는 차량이 보이면 그냥 지나치지 않고 검문했다. 교통단속을 하기 위해서가 아니고 차적조회가 안 되는 리스나 렌트 차량의 운전자를 확인하기 위함이다. 운이 좋은 건지 촉이 좋은 건지 검문하고 보면 은근히 수배자나 무면허운전자가 많이 적발되었다.

야간에는 순찰을 하며 운행하는 자동차들을 유심히

관찰한다. 이때 라이트를 끄고 운행하거나 사이드미러가 접힌 채로 운전하는 차량이 보이면 검문 대상이다. 또한 코너링을 할 때 차선을 잘 따라가지 못하고 크게 벗어난다거나 불필요하게 브레이크등이 지속적으로 들어오는 차량, 겨울인데 창문을 내리고 운행한다든지 순찰차를 보고 유독 회피하려는 움직임을 보이는 차량 역시 검문 대상이다. 그런 차량을 검문하면 3~4대 중 한대는 적중한다. 당연히 음주운전이 가장 많다.

신림동에는 감성주점이나 헌팅포차와 같은 남녀 간의 만남을 목적으로 하는 유흥업소들이 많이 있다. 물론 이 만남이 건전한 만남이 아닌 것은 여러분들도 잘 알 것이다. 그러나 이들을 기다린다는 듯 신림동에는 이곳에서 헌팅을 통해 만난 남녀를 위한 모텔촌이 빽빽하게 들어서 있다. 그뿐만이 아니다. 신림사거리에는 나이트클럽 두 곳이 있다. 이곳에서 소위 부킹을 통해 여성을 유혹해서 나온 남성들은 주변의 모텔을 찾아가게 마련이다. 그런데 여기서 문제가 발생한다. 여자와의 만남에 성공한 남성들은 십중팔구 모텔까지 걸어서 가지 않는다. 자신의 고급 승용차로 허세를 부려야 하기 때문이다. 이때 대리운전을 부르는 것은 더더욱 모양이 빠지는 일일 것이다. 본인이 직접 여성을 조수석에 태우고 멋지게 운전을 해서 모텔로 들어가고 싶은 것이다. 물론 음주운전으로….

그렇게 몇십 미터만 이동하면 들어갈 수 있는 게 주변 모텔이건만 공실이 없어서, 혹은 더 고급스러운 모텔을 찾는다고 주변을 돌다가 하필 순찰 중인 나를 만난 것은 불행 중에도 너무 큰 불행이다. 어렵게 부킹에 성공해서 기분 좋게 '원나잇 스탠드'를 꿈꾸던 와중에 검문이 되어 음주측정을 당하고 면허취소 수치가 나온다면? 세상이 무너지는 기분일 것이다. 이 상황에서 옆에 있던 여성은 함께 걱정하며 위로해 줄까? 당연히 빠이빠이다. 다음을 기약할 리도 없다. 세상 모든 것을 잃은 듯한 표정의 남성은 음주운전으로 적발되고 그렇게 대리운전을 불러 귀가한다. 내가 얼마나 원망스러울지, 아마도 살인 충동을 느낄 것이다.

우리나라는 음주운전 처벌이 너무 가볍다고 한다. 물론 맞는 말이다. 음주운전으로 다른 사람에게 회복할 수 없는 부상을 입히거나 심지어 죽음에까지 이르게 하는 음주운전은 최대한 무거운 처벌로 반드시 근절해야 하는 중범죄이다. 그러나 알고 보면 우리나라 운전자가 가장 무서워하는 처벌이 바로 면허취소이다. 단순 음주운전의 경우 보통 1년간 면허가 취소되는데 벌금이야 내면 된다지만 운전하던 사람이 면허가 없으면 어떻게 되겠는가? 우리나라 남성 직업군 중 절반은 운전면허가 있어야 할 수 있는 일일 것이다. 면허가 없으면 일을 할 수 없고, 이는 삶에 직접적인 영향을 끼치니 그 괴로움은 이루 말할 수 없을 것이다. 설령 운전면허가 없이 일을 할 수 있다고 해도 자기 차를 1년간 운행하지 않고 참아 낼 수 있는 사람이 얼마나 있을까? 대중교통을 이용하면 된다는 것을 누구나 알고는 있다. 하지만 주차장에 먼지가 쌓인 채 하염없이 주인을 기다리는 자신의 '애마'를 본다면? 잠시라도 드라이브를 하고 싶다는 충동은 차를 가진 사람이라면 누구나 공감할 것이다.

　무면허운전자를 적발하면 처음부터 면허를 취득하지 않고 운전하는 사람은 드물었다. 대부분이 음주운전으로 면허가 취소된 채 운전을 한 경우였다. 결국 무면허운전으로 적발되어 면허취소 기간이 늘어나고 또다시 참지 못해 운전대를 잡음으로서 다시 무면허운전으로 처벌되는 악순환이 반복되는 것이다.

　나 역시 한 사람을 세 번이나 적발한 적이 있다. 리스로 빌린 고급 외제차를 면허가 취소된 채 운전을 하다가 적발되었는데 그 뒤에도 순찰 중에 관내에 버젓이 주차가 되어 있는 것이 보였다. 당연히 그 차량의 운전자가 무면허인 것을 기억하는 나로서는 그냥 넘어갈 수 없었다. 급기야 세 번째 검거 때 그는 도주하다가 크게 사고를 내며 잡히고 말았다. 전속력으로 도주하다가 급커브 길에서 속도를 못 이겨 맞은편에 신호대기 중인 택시를 들이받은 것이다. 얼마나 큰 사고였는지 충돌한 두 대의 차량이 거의 반파되었는데 사람이 크게 다치지 않은 게 다행이었다. 결국 그는 무거운 처벌을 받았다.

나중에 그의 누나라는 사람에게서 전화가 왔다. 어떻게 같은 경찰관에게 세 번이나 잡힐 수가 있냐며, 자신의 동생을 표적수사 한 것이 아니냐며 항의하는 것이었다. 어이가 없었지만 친절하게 설명했다. "근무하다 보니 우연찮게 저에게 계속 적발이 된 것 같아 유감입니다. 동생 분에게는 안타까운 일입니다만 동생 분에게 면허를 다시 취득하기 전까지는 절대 운전을 하지 않도록 당부해 주세요."

정말 절대로 해서는 안 되는 거지만, 혹시라도 음주운전을 해서 면허가 취소되었다면 그냥 차량을 처분하는 것이 낫다는 게 개인적인 생각이다. 아예 운전할 수 있는 여지를 두면 안 된다. 아무리 힘들어도 대중교통을 이용해야 한다. 가족이나 지인의 차 또는 리스 차량을, "내 명의가 아니니까 조심해서 타면 안 걸리겠지?" 하는 마음은 절대 먹지 않기를 바란다. 지금도 현장에는 그때의 나처럼 범법자를 잡으려고 두 눈을 부릅뜨고 있는 경찰관이 있을 것이기 때문이다.

한번 안 걸렸다고 해서 안 걸리는 것이 아니다. 꼬리가 길면 밟힌다고 했다. 한 번 안 걸리는데 성공하면 두 번, 세 번 운전하게 된다. 그러다 결국 다시 적발되어 처벌이 되고 면허취소 기간이 늘어나는 악순환이 계속된다. 또한 사고가 났을 때는 더욱 문제가 커진다. 면허가 없으니 보험적용이 안 될 것이고 피해자에게 보상이 어려울 수 있다. 심지어 이런 경우 처벌이 두려워 도주까지 하게 되는 뺑소니 범죄로 이어질 수 있다. 힘들겠지만 무조건 참자! 내 인생이, 그리고 누군가의 인생이 걸린 중대한 문제이다.

나에게 지구대 업무를 처음 가르쳐 주었던 박순경은 10년이 넘은 지금도 연락을 주고받는다. UFC 경기가 있는 날이면 서로 좋아하는 선수 이야기를 주고받으며 누가 이길지 열띤 토론을 한다. 남양주에서 여전히 일선 현장을 누비고 있는 박순경을 응원한다. 아, 이제는 박 부장(경사)이다.

턱걸이 괴물

나는 다른 사람에 비해 운동능력이 그리 뛰어난 편은 아니다. 순발력도 그다지 없고 탄력도 좋지 않다. 그런데 다른 사람들보다 유별나게 잘하는 게 있는데 그것은 바로 턱걸이다. 남들보다 팔뚝이 우람하게 굵다거나 초콜릿 복근이 선명하게 있는 몸도 아니다. 그냥 몸 관리 잘한 40대 중반 아저씨 정도일 뿐이다. 그런데 턱걸이에서만큼은 남들에게 져 본 적이 거의 없다. 나보다 팔뚝이 더 굵고 근육질에 선명한 복근, 넓은 광배근을 가진 사람과 턱걸이 대결에서 이길 때면 '나는 왜 턱걸이를 잘할까?'라는 의문이 들 정도였다.

많은 시간이 흐르고 나서야 알게 된 사실인데 턱걸이는 팔 힘으로 하는 것이 아닌 몸통(코어)으로 하는 것이었다. 운동을 해 본 적이 없는 어린 시절부터 윗몸일으키기를 잘했는데 타고난 코어 근력이 좋은 것이 턱걸이를 잘하는 비결이었던 것이다. 어쨌거나 남들보다 잘하다 보니 턱걸이를 좋아하게 되었고 또 그만큼 많이 하면서 40대 중반인 현재까지도 턱걸이를 50개가 넘게 하며 우리나라 남성 평균 이상의 몸을 유지하고 있다. 지금도 "내 몸의 80%는 턱걸이로 만들어진 것이다."라며 후배 경찰관들에게 턱걸이 전도사 역할을 하고 있다.

'경호교육' 편에서 소개한 바와 같이 나는 101경비단의 훈련 교관으로 여러 번 후배들을 교육한 경험이 있다. 101경비단은 경찰 순경 공채 시험과 별도로 선발하는데 합격자는 약 120명 정도가 된다. 일반 순경 공채에 비해 신장, 체중, 시력 등 지원 조건이 까다롭기 때문에 운동깨나 했다는 지원자들이 많았다. 101경비단 직원들의 이력에 운동선수나 체대출신, 특수부대 출신이 많은 것을 보면 알 수 있다.

이들이 합격하여 경찰학교에서 6개월간의 교육과정을 거치고 졸업에 앞서 악명이 자자한 경호교육을 받는데 이 교육을 얼마나 잘 받느냐에 따라 청와대 입성이 결정되므로 이 20~30대의 혈기왕성한 교육생들의 체력은 대부분 최상위 등급을 유지하고 있었고 나 역시 그 시기가 인생에서 체력이 가장 좋았던 때가 아닌가 싶다.

경호교육의 대부분은 제식훈련과 체력단련이다. 알다시피 모든 교육 중 가장 힘들고 짜증나는 교육이 제식훈련이다. 단순한 동작인 차렷, 열중쉬어, 좌향좌, 우향우만 하는데 뭐가 힘드냐고 하겠지만 120명의 인원이 똑같이 동작을 일치시키기도 어려울뿐더러 앞으로가, 좌향앞으로가, 우향앞으로가 등 이동 간 제식, 총기를 다루는 집총제식에서는 다른 동기들과 반대로 가는 인원이 꼭 한두 명씩 나오기 일쑤다. 그러다보니 선착순과 얼차려가 난무하고 처음에는 "동기야, 잘하자!"라고 외치던 교육생들도 나중에는 원망과 한숨이 나오고 급기야 악에 받치게 되어 최악의 교육이 되기 마련이다.

체력단련 시간도 마찬가지이다. 말이 체력단련이지 이건 개인을 위한 맞춤형 트레이닝이 아니라 말 그대로 정해진 시간 내내 합법적으로 얼차려를 주는 것과 같다. 가슴운동을 시킨다고 푸쉬업, 하체운동 시킨다고 스쿼트, 체력강화를 위한 PT체조, 버피테스트 등 사람을 힘들게 할 수 있는 온갖 다양한 운동법을 들고 나와 교육을 시키니 나름 체력에 자신 있는 교육생들에게도 체력단련 시간은 지옥 같은 시간이었을 것이다.

나는 교관단을 이끌고 중간 책임자인 훈련계장으로 경찰학교에 왔을 당시 40대 초반의 나이였다. 상대적으로 젊고 운동으로 단련된 20~30대의 교육생들에 비하면 초라한 체구였다. 하지만 턱걸이 하나만큼은 자신이 있었기 때문에 매번 턱걸이 대결 이벤트를 하곤 했다. 체력훈련 담당 교관이 외친다. "여기서 턱걸이 자신 있는 교육생들 다 나와. 옆에 계신 훈련계장님과 턱걸이 대결에서 이기면 오늘 교육은 하지 않겠다."

순간 술렁이는 교육생들 사이에서 운동 좀 했다는 교육생들 대여섯이 앞으로 나온다. 교육생들의 응원과 함성이 이어지고 호기롭게 차례차례 턱걸이를 시작하는데 대부분 30~40개를 넘기지 못했다. 당연한 나의 승리로 이어지고 교육생들 사이에선 감탄과 한숨이 새어나온다. 교육생들은 결과를 수용하고 오히려 더 열심히 체력단련을 하곤 했다. 교관단의 자존심도 세우고 101경비단은 강하다는 이미지를 심어 주어 교육생들에게도 반응이 좋았던 것 같고 이런 나를 롤모델로 삼아 주는 후배들이 있었으니 뿌듯했다.

한 교육생의 지원동기는 이랬다.

「저는 101경비단에서 임성진 훈련계장님과 같은 사람이 되고 싶습니다. 처음 101경비단에서 선배님들께서 내려오셔서 체력테스트를 하신 적이 있습니다. 그때 내려오신 훈련계장님을 뵙고 제 마음에서 무언가 끓어오른 게 있었습니다. 당시 120명을 사로잡은 카리스마와 꾸준히 운동을 하서서 다부진 몸을 보고 101경비단에 들어가 계장님과 같은 사람이 되고 싶다고 생각했습니다. 임성진 훈련계장님을 롤모델로 삼아 계장님과 같은 사람이 되는 것이 제가 101경비단에 들어가 이루고 싶은 꿈입니다.」

경찰학교에 무도교수로 발령받아 왔을 때도 그랬다. 내가 턱걸이를 잘하는 걸 아는 교수님이 함께 수업을 하다가 교육생들에게 턱걸이 대결을 제안했다. 역시나 나를 이기면 수업을 안 하고 자율 운동시간을 준다는 기막히게 좋은 제안이었다. 교육생들의 박수와 함성이 이어지고 운동깨나 했다는 교육생들 몇 명이 앞으로 나와 시작도 하기 전에 승리를 자신하며 상의를 벗어 우람한 가슴근육과 팔근육을 뽐낸다. 200여 명의 교육생 중 턱걸이에 일가견이 있다고 생각하는 사람이 나왔으니 40대 중반의 교수님을 상대로 당연히 승리를 예감했을 것이리라. 그러나 안타깝게도 탄성과 한숨만이 교차하는 암울한 결과를 맞이하게 되고 변명의 여지 없이 열심히 체력단련을 하는 수밖에 없었다.

이러한 이미지 때문인지 경찰학교에서도 나는 턱걸이 괴물 혹은 타노스 교수님으로 불리며 무도교수로서 강력한 포스를 뽐냈다. 나에 대해 잘 모르는 교육생들에게는 내 외모만으로도 엄청 무서운 교수님으로 인식되었다. 경찰학교에는 한 기수에 2,000명이 넘는 교육생이 교육을 받기 때문에 내가 수업하는 제자들은 그중 10% 정도에 불과하기 때문이다. 물론 내 수업을 듣는 제자들은 내가 아주 부드러운 사람이라는 것을 잘 알고 있다.

턱걸이 이야기에서 좀 벗어난 이야기를 해 보겠다. 나는 경찰관으로서 첫발을 내딛는 교육생들이 여기서 좋은 습관을 들여야 한다고 생각해서 항상 기본을 강조하며 용모·복장을 지적했다. 주머니에 손을 넣고 걸어가거나 모자를 삐딱하게 쓰는 등 제복 입은 경찰관으로서 좋지 않은 모습을 보이면 그냥 넘어가는 법이 없었다. 그렇지 않아도 무서운 외모에 주머니에 손을 좀 넣었다고 불러서 무섭게 야단을 치는 모습을 보고 교육생들 사이에서도 소문이 났는지 주머니에 손을 넣고 지나가다가도 멀리서 내가 보이면 교육생들은 슬그머니 손을 빼고 복장을 바로 했다.

나는 제자들을 처음 만나면 항상 이야기하는 것이 있다. 우리는 평생 제복을 입어야 하기 때문에 처음부터 근무복을 반듯하게 입는 버릇을 들이라는 것이다. 101경비단에 오래 근무하면서 알게 된 것인데 순경 때 번거로워도 근무복을 잘 다려 입고 항상 거울을 보며 버클과 넥타이, 부착물 위치를 확인하고 구김 없이 반듯하게 입는 사람은 나중에 몇 년이 흘러도 그 복장이 그대로 유지가 된다. 그러나 순경 때 귀찮아서 상의가 빠져 있거나 삐딱하게 입는 사람은 몇 년이 지나도 꼭 삐딱한 그 부분이 고쳐지지 않고 그대로였다. 처음 들이는 습관이 얼마나 중요한지 새삼 느낄 수 있는 부분이다.

주머니에 손을 넣는 것도 마찬가지다. 한번 주머니에

넣은 손은 좀처럼 빼내기가 힘들다. 112신고를 받고 나 갔는데 주머니에 손을 넣고 있거나 짝다리를 짚고 팔짱을 낀 채 민원인을 대하는 모습을 상상해 보라. 얼마나 보기 싫은 모습인가. 그러나 주머니에 손을 넣는 잘못된 버릇을 들인 경찰관은 순찰차에서 내리는 순간 바로 주머니에 손이 들어가고 결코 그 손을 빼내지 못한다.

적어도 경찰관을 필요로 하는 국민을 만났을 때 경찰관은 반듯한 모습을 보여야 한다. 우리 경찰관은 사람을 만나는 직업이다. 112신고 출동을 하고, 범인을 검거하고, 어려운 사람을 돕고, 민원인을 상대한다. 그러므로 외적인 모습이 굉장히 중요하다. 반듯한 용모와 복장으로 신뢰를 줄 수 있어야 하고 강직한 모습으로 국민들에게 믿음을 주는 듬직한 경찰관이 되어야 한다. 퇴직할 때까지 자기관리를 해야 하는 이유이다.

나는 교육생들에게 운동을 꾸준히 할 것을 강조한다. 타고난 외모를 변화시키지는 못하지만 운동을 통해 몸매를 가꾸고 신체를 단련하면 업무를 하는데 자신감이 생긴다. 국민들에게 듬직해 보일 수 있고 범인에게는 위엄을 갖출 수 있다. 범인을 제압하는 데 도움이 되는 주짓수를 할 것을 권유하지만 어떤 운동이라도 상관없다. 아무것도 하기 싫다면 턱걸이라도 많이 하라고 한다. 일선에서 근무할 때 우람한 팔뚝은 분명 일처리를 하는 데 도움이 되기 때문이다.

나는 턱걸이 신봉자이자 전도사로 여전히 매달릴 곳만 있으면 몸을 당기고 있다. 퇴직할 때까지 턱걸이 30개 이상 유지하는 것을 목표로….

POLICE GYM

타노스의 과거

이번에는 경찰이 되기 이전의 나에 대한 이야기를 해볼까 한다. 나는 대전에서도 아주 변두리에서 어린 시절을 보냈다. 아버지와 어머니, 여동생과 나, 이렇게 네 식구가 함께 살았는데 그 시절 우리네 부모님들이 대부분 그랬듯이 없는 형편에 열심히 일하며 월세 단칸방에서 시작해 조금씩 살림을 늘려 나가던 때였고 우리 집도 마찬가지로 내가 중학교 때까지 단칸방에 살다가 고등학생이 되어서야 내 방을 가질 수 있었다.

그렇게 시장통에서 과일가게를 하며 평범하게 학창시절을 보내던 나는 고등학교를 실업계에 진학했다. 공부하는 것을 좋아하지도 않았고, 빨리 취업을 해서 돈을 벌어야겠다는 생각을 했던 것 같다. 그렇게 공업고등학교에 진학을 하자 중학교 때 성적이 중위권을 겨우 넘겼던 내가 장학생으로 선정이 되었다. 아무래도 공부 잘하는 친구들은 대학에 가려고 인문계에 지원을 하다 보니 상대적으로 성적이 낮은 친구들과 경쟁을 하게 되었고 나는 그렇게 3년간 수업료를 면제받고 고등학교 시절을 보냈다.

'용의 꼬리보다 뱀의 머리가 낫다.'고 했던가. 나는 고등학교에서 반장도 하고 써클활동도 하며 나름 뜻깊은 학창시절을 보냈고 고등학교 3학년 때 드디어 현대전자(現 하이닉스)라는 대기업에 취직을 했다. 거기서 신입사원으로서 열심히 생활하며 선배들과도 친해지고 즐겁게 회사생활을 하던 중 비보가 전해진다. 때는 1997년, IMF! 나에게 이런 일이 생길 줄이야. 회사를 운영하기 위해서는 인원감축을 해야 했고 당연히 감축 대상 1순위는 고졸 신입사원이었다.

그렇게 짧았던 나의 첫 직장생활은 마무리되었고 하루

아침에 백수가 되어 방황하기 시작했다. 당시는 IMF 상황으로 실업자가 대거 쏟아지고 전 국민이 경제위기로 고통받고 있었으며 취업을 할 수도 없었다. 군에 입대할까도 했지만 이대로 군대에 가면 전역 후에 정말로 진정한 백수가 될 것만 같았다. 그나마 그때가 욕 덜먹고 가방 메고 다니며 공부할 수 있는 시기인 것 같았다. 나는 생각지도 않았던 수능 공부를 시작했지만 공부에 별 취미가 없던 내게 어려운 수능 공부가 제대로 될 리 없었다. 허송세월을 보낸 것과 다름없는 아까운 시간들이 지나가고 수능을 한 달쯤 앞둔 어느 날. 나는 도서관에 앉아 있다가 나 자신이 너무 한심스럽고 화가 나서 무작정 걸어서 병무청으로 갔다. 그러고는 해병대에 지원했다.

그럭저럭 수능을 보고 우송대학교 컴퓨터디자인과에 지원을 했고 합격 발표가 나기도 전에 해병대에 입대를 하게 된다. 지금 생각해 봐도 정말 대책 없던 철부지 시절이었던 것 같다. 다행히 운 좋게 대학에 합격을 했고 어머니께서 등록과 휴학 처리를 하셨다.

군생활을 마치고 대학교에 입학(복학이었지만 학교에 다닌 적이 없었으니 입학이라고 하겠다.)을 했다. 팔자에도 없다고 생각했던 대학생이 되어 01학번 새내기 동생들과 캠퍼스를 누비게 되었으니 얼마나 좋았을까. 대학에서도 공부보다는 선후배들, 동기들과 술 마시고 노는 데 더욱 열을 올리며 말 그대로 '먹고대학생'이 되어 대학가 술집은 모두 섭렵한다는 의지로 하루하루 전투적으로 살았다.

그렇게 열심히(?) 대학교 생활을 하다 보니 컴퓨터디자인학과 회장이 되었다. 당시 컴퓨터디자인학과는 앉아서 컴퓨터만 하다 보니 운동과는 거리가 멀었다. 대학교 최고의 봄 축제인 체육대회 때마다 모든 종목에서 예선 탈락 후 응원상이라도 받아 보겠다고 끝까지 자리를 지키며 다른 학과의 동정심을 유발하여 응원상을 타는 게 유일한 성과였다. 이런 내게 목표가 생겼으니 그건 우리 학과를 체육대회 우승팀으로 만드는 것이었다. 나는 체육대회 한 달 전부터 집에 안 들어가고 자취하는 친구 집에서 합숙을 하며 각 종목별 대표들을 뽑아 맹훈련을 하도록 했다. 지금 생각해 보면 무모한, 어떻게 보면 갑질이었지만 당시 친구들과 후배들은 즐겁게 따라 주었다. 결국 컴퓨터디자인학과는 그해 체육대회에서 종목별 2개의 트로피와 종합 준우승 트로피를 들어올린다. 비록 우승은 아니었으나 단일 종목 우승도 한번 해 보지 못했던 우리 학과의 기적이자 우송대 10년 체육대회 역사상 최대 이변이었다. 그렇게 학과회장으로서 성과를 올리며 4학년 때는 우송대학교 10대 총학생회장에 당선된다.

학생회장을 하면서 많이 배우고 경험하며 좋은 추억들을 쌓았는데 그중 한 가지 사례만 소개하고자 한다. 당시 대학생들 사이에서는 국토대장정이라는 행사가 하나의 트렌드로 자리 잡고 있었다. 대표적인 박카스 국토대장정은 평균 130:1의 경쟁률에 육박할 정도로 인기 있는 행사였고 당시 대학생들에게는 특별한 경험과 성취감, 자신의 한계를 넘어서기 위해 한 번쯤 도전해 보고

싶은 버킷리스트였다. 그런 사실을 후배들과의 술자리
에서 알게 된 나는 학생회장으로서 우리 대학교 학생들
의 버킷리스트를 채워 주기 위해 직접 국토대장정을 추
진해 보기로 했다.

　당장 여름방학이 코앞이라 준비기간이 길지 않았고,
행사를 하기 위해서는 돈이 필요했다. 학교에 우리 학생
들의 자발적인 참여 의지를 알리며 예산을 달라고 요구
했다. 뜬금없는 국토대장정 행사 요구에 학교에서는 난
색을 표했다. 들어가는 예산도 적지 않을뿐더러 학생들
의 안전사고 위험이나 준비과정 등이 만만치 않았기 때
문이다. 국토대장정이 그냥 행군을 하면 되므로 별다른
준비가 필요없다고 생각했던 나의 순진한, 그리고 무리
한 요구였다. 그러나 국토대장정을 꼭 추진하고 싶었던
나의 막무가내식 요구는 학생들의 열렬한 응원에 힘입
어 학교를 설득하는 데 성공했다. 필요한 예산은 학교에
서 지원하고, 모자라는 돈은 학생회비에서 일부, 그리고
학생들의 참가비로 일부 충당하기로 했다.

막상 시작하려고 보니 정말로 준비과정이 만만치 않았다. 먼저 참가자를 선발하고 그 인원들이 여름철 고된 행군을 하는데 무리가 없는 건강상태인지 확인하기 위해 전원 건강검진을 실시했다. 행사 중의 사고를 예방하기 위한 선행 조치였다. 우송대학교의 국토대장정을 홍보할 수 있는 티셔츠, 모자 등 복장을 맞추고 현수막, 깃발 등 부수적인 장비부터 숙식에 필요한 텐트와 각종 집기류 등 적지 않은 예산이 필요했고 짐을 옮길 차량과 구급차량 등 챙길 게 산더미였다.

본격적인 준비는 경로를 정하고 국토대장정을 위한 코스를 확인하고 숙박할 장소를 정하는 것이었다. 나는 도착지점을 파주 임진각으로 잡고 학교에서 약 300km의 코스를 며칠에 걸쳐 차량으로 이동하며 코스를 답사했다. 약 70명의 인원이 이동해야 하는데 인도와 차도의 구분이 없는 곳이 많아 안전에 대한 고민을 해야 했다. 한 시간에 한 번씩은 휴식을 해야 했기에 약 4km 지점마다 인원과 차량이 쉴 수 있는 공간을 체크해야 했고 10

일 동안 점심을 해결할 식당을 예약하는 등 챙길 게 끝도 없었다. 숙박을 위해서는 하루 걸을 수 있는 거리인 약 30km 지점에 있는 초등학교마다(9박을 했으니 마지막 숙식 장소는 270km나 떨어진 곳이었다.) 찾아가 교장선생님께 인사를 드리고 숙식에 필요한 화장실과 수돗가, 야영공간 등을 부탁했다. 감사하게도 대부분 적극적으로 도와주셨고 체육관이나 교실에서 취침할 수 있도록 허락해 주신 교장선생님도 계셨다.

그렇게 우여곡절 끝에 준비를 마치고 '화합하는 우송 대장정'은 출정식을 한 뒤 열흘간의 대장정을 시작했다. 열흘간을 함께 땀 흘리며 온갖 추억을 만들어 낸 대장정은 설명을 더 할 필요가 있을까? 임진각에 도착할 때 함께 했던 학생들은 감격에 겨워 눈물을 흘리는 이도 많았고 나 역시 국토대장정이라는 버킷리스트를 직접 준비하고 학생들과 이 멋진 도전을 성공적으로 완수했다는 데 대한 감격, 뿌듯함과 자랑스러움이 아직도 남아 있다.

경찰학교에서 신임 경찰관을 교육하다 보면 나이대가 다양하다. 고등학교 때부터 경찰을 목표로 준비해서 갓 스무 살의 나이에 합격을 한 교육생부터 직장생활이나 군생활을 하다가 또는, 수험기간이 길어져 40대 중반의 늦은 나이에 합격을 한 교육생도 있다. 따라서 30대가 넘어 비교적 늦은 나이에 합격한 교육생들은 어린 나이에 합격한 동기들에 비해 많이 뒤쳐졌다는 생각을 하고 조바심을 갖는 경우가 있었다. 나는 그들에게 이야기한다. 밖에서 보낸 시간이 절대로 헛된 시간이 아닐 거라고. 경찰은 업무가 아주 다양하고 또 다양한 사람들을 만나기 때문에 사회에서의 경험이 빛을 발하는 순간이 언젠가는 오게 된다. 나 역시 디자인을 전공한 경험을 살려 한때 사회적으로 이슈가 되었던 '사회 4대악' 관련 홍보와 디자인 등으로 나름 조직에 기여한 경험이 있다. 자신의 입직 이전 경험이나 전공을 살려 경찰업무에 접목시킬 수도 있고, 서비스업에 종사했었다면 민원인을 대할 때 남들보다 더 친절하고 부드럽게 대할 수도 있을 것이다. 더욱 중요한 것은 경찰공무원이 되기 전 사업이

라든지 직장생활 또는 알바를 해 봤던 경험이 있는 사람
은 공무원이란 직업이 얼마나 안정적이고 좋은 직업인
지를 깨닫게 된다.

오히려 사회경험 없이 일찍 들어온 경우 주취자에게
시달리거나 위험한 일을 겪거나 끔찍한 범죄현장을 목
격하는 등 경찰업무에 회의감이 드는 때가 오면 '아~ 다
른 직업을 선택했으면 어땠을까?' 하는 마음으로 경찰
을 그만두는 경우가 더러 있었다. 최근 MZ 세대 공무원
들이 조기에 퇴사하는 풍토 역시 무한경쟁에서 살아남
기 위한 전쟁터 같은 사회생활을 해 보지 않아 우리 직장
의 고마움을 잘 모른다거나 어린 나이에 쉽게 공무원 시
험에 합격하여 고된 수험생활 시절의 간절함을 잘 모르
기에 속단하는 경우가 분명 있을 거라고 생각한다. 물론
보수나 조직문화 등 여러 가지 복합적인 문제가 있겠지
만 말이다.

남들보다 조금 늦었다고 해서 내가 크게 뒤진다거나

실패했다고 생각하지 않았으면 한다. 실패는 성공의 어머니라고 하지 않던가. 늦으면 늦은 만큼 얻는 것이 있고 너무 빨리 가려다 탈이 나는 경우도 있을 것이다. 지금이 가장 중요하고 소중한 순간이다. 한 순간 한 순간 열심히, 성심성의껏 살아간다면 누구나 목표한 바를 이루고 행복을 느낄 수 있는 좋은 날이 오지 않을까? 나를 거쳐 간 모든 제자들, 신임 경찰관들이 행복하길 빈다.

아내

마지막 이야기는 내 아내에 대한 이야기다. 아내 얘기가 뭐 특별한 게 있을까 할 수도 있겠지만 내 아내는 정말 뭔가 특별한 사람이다. 팔불출이라고 욕해도 이 책을 마치기 전에 아내 자랑은 꼭 해야만 하겠다. 그리고 이건 절대 강압이 아니라는 것을 알아줬으면 좋겠다.

아내는 충남 금산군에서도 두메산골인 묵산리라는 시골에서 태어나 어린 시절을 보냈다. 부유하지는 않았지만 부모님의 사랑을 듬뿍 받으며 남부럽지 않게 자랐고 매우 말괄량이였던 학창시절을 보냈다. 불의를 보면 참지 못하고 남학생들과도 주먹다짐을 해서 진 적이 없었으며 약한 친구를 때리거나 특히 여자아이를 괴롭히는 남자들은 꼭 응징하곤 했다. 한번은 시험 시간에 자기를 약 올리는 남학생의 시험지를 그 자리에서 찢어 버렸을 만큼 막무가내이기도 했다. 그럼에도 키가 크고 괜찮은 외모에 성격도 시원시원 하고 그림이면 그림, 노래면 노래, 못하는 게 없어 남자 친구들이 늘 주변에 있었다고 했다.

이런 아내를 만난 건 스무 살 때였다. 친구의 소개로 아내와 만난 나는 늘씬한 키, 완벽한 콜라병 몸매와 허리까지 내려오는 긴 생머리에 매력적인 목소리, 귀여운 외모를 가진 이 여성에게 당연히 푹 빠질 수밖에 없었다. 상대적으로 별 볼일 없었던 나에 비해 너무 괜찮았던 아내는 나를 좋은 친구로 받아 주었고 나는 그 이상의 관계를 꿈꾸며 시간을 보냈다. 하지만 너무나 근사한 외모를 가진 아내의 주위에는 남자들의 대쉬가 끊이질 않았다. 조금 과장해서 얘기하면 대전 시내를 걸어가면서 헌팅을 당하지 않는 날이 없을 정도였다.

외모만 보면 천생 날라리가 따로 없었지만 아내는 효

심이 남다른 지극한 효녀였다. 시골에 계신 엄마를 끔찍이도 생각했고 열심히 돈을 벌어 아빠가 갖고 싶다는 신발과 TV 등을 선물하기 바빴다. 20대 초반에 생긴 조카에게는 친엄마보다 더한 사랑을 주기도 했다. 거기에 더해 아내는 어린 나이에도 음식 솜씨가 매우 뛰어났다. 손재주가 좋아서인지 온갖 술안주는 기본이고 잔칫상에 나올 법한 고급 요리는 물론 김장까지 마스터 했으니 이런 반전 매력의 여성에게 빠지지 않는 남자가 어디 있을까. 그러나 간절한 구애에도 불구하고 뜻을 이루지 못한 채 나는 군입대를 하게 되었다. 이제 와서 가슴을 쓸어내리는 거지만 그때 친구로 남았기 때문에 지금 나의 아내가 될 수 있지 않았나 싶긴 하다.

어찌 되었건 우린 인연이었는지 긴 시간이 지나고 스물일곱이 되어 다시 만났다. 철없던 20대 초반이 아닌 미래를 생각해야 하는 나이였다. 그리고 우린 서로를 행복하게 해 줄 수 있을 거라 굳게 믿었다. 일 년 뒤 우린 일사천리로 결혼식을 올리고 나의 첫 직장이었던 청와대 바로 근처에 전세 5천만 원짜리 단칸방을 얻어 신혼 생활을 시작했다.

당시만 해도 101경비단의 근무 스케줄은 살인적이었다. 24시간 당직근무 후 하루 휴무를 가졌고 나머지 이틀은 주간근무를 하는 변형된 4교대 형태로 주 40시간을 일하는 지금과 비교하면 거의 두 배에 가까운 주 75시간가량을 회사에 있는 것이었다. 당연히 나 하나만 바라보고 시골에서 상경한 아내와 함께 해야 할 달콤한 신혼을 즐길 수 있는 시간이 너무 적었다. 게다가 그때는 무슨 술자리가 그렇게 많았는지 요즘엔 상상할 수 없을 정도로 선배들에게 끌려다니며 술을 마셨다. 음주문화에 능통해야 회사생활 잘한다는 말을 들을 수 있었으며 술을 못 마시는 사람은 잦은 술자리가 매우 고역이었다. 회사에서 보내는 시간도 많은데 술자리까지 따라다니려면 아내와 함께 있을 시간이 없었다. 그래서 나는 집으로 손님을 초대하는 전략을 택했다.

입직과 동시에 결혼을 한 나와 달리 미혼인 선배들이 많아 외부 음식점이 아니면 대부분 구내식당을 이용할 수밖에 없었고 집밥이 그리운 사람들이 많았다. 사정이 그러하니 아내의 맛깔스런 요리 솜씨에 한번 우리 집에 다녀간 선배들의 입에서는 찬사가 끊이지 않았고 회사에서는 곧 소문이 나기 시작했다. 아름다운 외모의 아내가 정성스레 보쌈이나 닭도리탕, 해물파전, 더덕구이 등 맛있는 술안주를 쉴 새 없이 내놓으니 선배들의 칭찬과 부러움은 물론 빨리 결혼을 해야겠다는 직원들이 늘어갔다. 집이 좁아 한 번에 2~3명을 초대하는 것이 다였지만 그렇게 60회 이상을 직원들을 데려와 식사 대접을 했으니 함께 일하는 직원 중에 우리 집에 안 와 본 사람이 더 적을 정도였다.

어떻게 보면 오지랖, 또 어떻게 보면 아내 고생시키는 진상 남편이었다. 그러나 이렇게 직원들과 집에서 술을 마시면서 바깥 술자리를 덜 하게 되었고 직원들과는 더욱 친밀한 관계를 갖게 되었다. 또한 가장 좋았던 이유는 집에서 술자리를 함으로써 아내가 내 직장생활에 대해 잘 알게 된다는 점이었다. 물론 나는 아내와의 대화가 많은 편이긴 하지만 회사에서 있던 일들을 꼬치꼬치 이야기하기는 쉽지 않았는데 직원들과 술자리를 하니 당연히 회사 애기가 오가게 되고 지휘관의 스타일, 직원들의 관심사, 회사생활의 애로점, 근무 중의 에피소드 등 많은 이야기를 아내가 옆에서 들을 수 있었다. 눈썰미 좋고 총명한 아내는 그래서 우리 회사 직원들의 특징이나 성격을 나보다 더 잘 알기도 했고 몇 년이 지난 뒤 나의 부친상에 온 직원들의 이름을 대부분 기억하고 있기도 했다. 무엇보다도 내가 어떤 일을 하고 회사에서 어떤 존재인지 알게 되니 좋았다. 그래서 아내는 내가 집에서 술 마시는 것을 좋아했다. 아내의 입장에서는 요리 솜씨를 뽐내며 내조를 할 수 있어 좋았고 나는 사람들과 편안하게 어울릴 수 있어 좋았다. 나만의 생각일 수도 있겠지만….

이렇듯 육아면 육아, 살림이면 살림, 내조면 내조, 모든 것을 완벽하게 해 주는 현명한 아내 덕분에 너무 편안한 가정생활을 하고 있어 항상 나는 복 받은 사람이라고 생각하고 있다. 실제로 나를 아는 지인들로부터 "너는 복 받았다.", "전생에 나라를 구했다."라는 얘기를 자주 듣고 있다.

최근 친한 친구가 과로로 쓰러져 하늘나라로 가는 너무나 안타까운 일이 생겼다. 40대 중반의 젊은 나이였다. 주변 사람의 죽음을 겪을 때 생각이 많아진다고 했던가. 잘 사는 것에 대해 많은 생각을 하게 된다. 젊은 날 경찰에 투신하며 쉼 없이 달려왔고 몇 번의 승진, 직장에서의 인정과 나의 위치, 꾸준한 자기계발 등 나름의 성공과 만족을 위해 많은 노력을 기울인 것 같다.

그렇다면 그동안 아내의 삶은 어땠을까 생각해봤다. 예전 101경비단에 근무할 때 이런 얘기를 들었다. 남편의 계급이 아내의 계급이라고. 계급이 높은 사람의 아내는 사모님, 계급이 낮은 사람의 아내는 그냥 제수씨였다. 곧 나의 성공이 아내의 성공이었고 나의 계급이 아내의 계급이라고 생각하며 지내 왔는데 이게 결국에는 나의 성공을 위해 열심히 애쓴 것에 불과했다. 누가 봐도 불공평하지 않은가.

나보다 훨씬 많은 재주를 가지고 뭘 해도 잘하는 아내를 집안에 살림하도록 두어서는 안 되겠다는 생각이 들어 아내의 꿈에 대해 이야기 해본 적이 있다. 그러나 아내는 나를 내조하고 내가 잘되는 것이 자신의 꿈이라고 말했다. 고마운 이야기지만 한편으론 마음이 짠하다. 이런 조선시대 현모양처 같은 여자가 또 있을까?

18년간 서울에서 정말 바쁘게 살았던 것 같다. 101경비단에서 12년, 서울경찰청, 경찰서에서도 항상 바쁜 보직을 맡아 눈코 뜰 새 없었고 일선에서도 가장 바쁜 지구대에서만 근무했다. 그리고 지금 충주 경찰학교에 와서 보니 너무나 여유롭다. 업무의 중요도가 낮다는 이야기가 절대 아니다. 오히려 신임 경찰관을 양성하는 매우 중요한 일이고 나를 바라보는 수많은 제자들을 보면 막중한 책임감과 사명감을 느낀다. 그러나 지내는 곳이 충주 시내에서도 한참 들어온 시골인지라 마음이 여유롭다. 맑은 공기와 밤하늘에 빛나는 별, 새와 개구리 울음소리, 사계절의 변화를 느낄 수 있는 자연이 늘 옆에 있다. 교통체증도, 만원버스나 지옥철도 없다. 이곳에서의 삶이 꽤 만족스럽다. 다만 고등학생인 두 아이의 교육 문제 때문에 주말부부로 지내고 있다.

앞으로의 삶이 기대된다. 경찰학교 무도교수라는 임무를 마치면 서울로 복귀하여 다시 치열하게 살아갈지 아니면 고향으로 갈지 아니면 이곳과 같은 한적한 시골에서 지낼 수도 있을 것 같다. 그때는 아내를 위한 삶을 살아 보려 한다. 20년 가까이 나를 위해 살아 준 아내를 위해, 이제 나는 아내의 꿈을 위해 노력할 것이다. 물론 경찰관으로서의 나, '세상에서 제일 멋진 경찰'이 되고 싶은 나의 목표 또한 변함없을 것이다.

나는 일선에 근무하며 스스로 내가 정말 스파이더맨이라고 생각했던 것 같다. 빌라 건물 4층 정도는 가스 배관을 타고 거침없이 올라 다녔으며 긴급한 상황에서는 창을 깨고 문을 부수고 들어가거나 심지어 도주하는 오토바이에 몸을 던져 검거하기도, 음주운전자의 자동차 보닛 위에 올라타기도 했다. 대한민국 모든 경찰관 중에서 눈앞에 있는 범인을 끝까지 안 놓치고 제일 잘 잡을 수 있는 경찰이 바로 나라고 믿었고, 나 같은 경찰만 있으면 범죄가 일어날 수 없을 것이라고 굳게 믿었다. 그러한 신념과 사명감이 몸을 사리지 않고 뛰어다녔던 원동력이었던 것 같다.

나는 당당히 말할 수 있다. 모든 직업인 중에 경찰관이 사명감이 가장 높다고…. 퇴근길에 지하철에서 묻지마 폭행 현장을 목격했을 때, 거리에서 갑자기 흉기를 든 사람이 지나가는 시민들에게 공포감을 줄 때. 일반 시민이 위험을 무릅쓰고 나서서 그들을 제지하기란 쉽지 않을 것이다. 그러나 경찰관이라면 다르다. 제복을 벗고 일반 시민으로 돌아가 집으로 퇴근하는 길, 누구도 경찰관인지 알 수 없기에 못 본 척 그냥 지나쳐도 그만이지만 내 눈앞에 범죄가 저질러지고 있다면 이를 그냥 지나칠 수 있을까? 아니다. 경찰관이라면 그냥 지나칠 수 없을 것이다. 위험을 무릅쓰고 시민의 안전을 위해 범죄를 막아낼 것이다. 그게 당연한 거다.

나는 지금 신임 경찰관을 양성하고 있다. 대한민국의 경찰 교육기관인 중앙경찰학교에서 무도교수로 재직 중이다. 위험한 상황에서 사명감을 갖고 시민의 안전을 최우선으로 생각하며 용감하게 행동하는 경찰 정신, 주먹을 휘두르며 난동을 부리거나 흉기를 든 범인을 제압하는 방법을 가르치고 있다. 그러나 나는 그들에게 늘 강조한다. 무엇보다 본인의 안전이 중요하다고. 가족을 생각해서라도 다치거나 죽지 말아야 한다고 이야기한다. 드라마 〈라이브〉에서의 한 장면처럼 내 사명감 누가 가져갔냐며 울부짖는 주인공이 되어서는 안 된다.

그러나 나는 또한 알고 있다. 현장에서는 머리보다 몸이 먼저 반응한다는 것을…. 그 어떤 직업보다 우리는 사명감으로 일하고 귀중한 생명을 살리기 위해, 범인을 검거하기 위해 위험을 무릅쓸 것이라고 믿어 의심치 않는다.

경찰 동료들을 말리고 싶진 않다. 나 역시 여전히 귀중한 생명은 기꺼이 살리고 싶고 나쁜 놈은 반드시 잡고 싶으니까…. 그게 제복의 힘이니까…. 그게 경찰이니까….

지금도 현장에서 불철주야 국민의 안전을 위해 열심히 뛰고 있는 경찰 동료들의 건투를 빈다. 그리고 안전한 세상을 만들기 이전에 누군가의 아들이자 한 집안의 가장, 누군가의 남편이자 아버지, 어머니인 내 동료들이 다치지 않았으면 좋겠다. 사랑하는 가족과 이웃, 주위 모든 사람들과 행복하길 빈다.

끝으로 나를 지지하고 존경해 주는 사랑하는 내 아내 성희에게 고마움을 전한다.

내 꿈은
세상에서 제일 멋진 경찰

초판 1쇄 발행 2025년 12월 16일

지은이   임성진
펴낸이   이기봉
편집   좋은땅 편집팀
펴낸곳   도서출판 좋은땅
주소   서울특별시 마포구 양화로12길 26 지월드빌딩 (서교동 395-7)
전화   02)374-8616~7
팩스   02)374-8614
이메일   gworldbook@naver.com
홈페이지   www.g-world.co.kr

ISBN   979-11-388-5034-6 (03810)